松岡正剛

荒俣 宏+協力

時代を変えた
ブックガイド

遊読365冊

工作舎

本の自分と本分

松岡正剛

読書についてはこれまでも多くが語られてきたが、だからといって、もうつけくわえることがないということはない。むしろ、あまりにも「本当におこっていること」が語られてこなかったと言うべきだ。たとえば「見る」という行為や「歩く」という行為については、行動心理学の分野から文化人類学に至るまで、実験データやアーティストたちの作品化をふくめ、ずいぶん側面からも採り上げられてきた。

ところが、「読む」という行為は、その行為自体がたいそう知的である（と思いこまれている）ためか、ついついステファヌ・マラルメの書物空間論や丸谷才一ふうの旧仮名づかいの読書文体論ばかりが昇華されすぎて、脳の活動分析にも、身体気象（ボディウェザー）の近辺にも降りてこなかった。その点では、植草甚一の「雨が降ってきたからミステリーでも読もう」というような態度表明の仕方には、とても新しい自在度があった。しかしでは、ミステリーを読むこと自体おもいつけない人はどうするのか。読書の問題はつねに「読書以前」からはじまっていた。

書物というものを、何かぎっしり詰っている言語建築のように考えるのはよくない。そういうイメージは図書館にこそあてはまる。実際にも建築家のアルフレッド・キースラーがそういうイメージをプロジェクト化したことがあるが、これは例外だ。むしろ書物は隙間だらけ、気配によってどうにでも動きまわる「想像上の庭に棲む動物」のように思っていたほうがいい。気温変化だってある。

だいたい自分にぴったりとした本を決めようとするのが、読書から遠去かる最大の原因なのである。そんなことは、なかなかできっこない相談なのだ。恋人の選択と似て「気がついたら好きになっていた」というのが、せいぜいの極意なのだ。

のぞき見趣味――そう言って悪いなら脇見の精神といえばいいが、このあたりにひとつの読書の王道があると言うべきである。もともと本屋で立ち読みすることから読書ははじまっているのだから、のぞき・脇見・よそ見の快楽が体の中でうずいてよいわけだ。

「立ち読みの背なに感じる夜寒かな」という母の俳句があるが、ぼくはこの句を中学生の頃に聞いて以来、本屋で一人立ち読みのできる日が待ち遠しくなっていた。渋谷の書店で杉浦康平が夢中で立ち読みをしている姿が、一番杉浦さんらしかったという記憶もある。

本は厚いようで薄い。薄くても熱い。その雲母界にすっと入りこむことに、童話の天文学者になったようなときめきがある。ぼくの経験から言うと、実は本屋で立ち読みする場合はその本を買わないことのほうが多く、買う時は本屋で見るのももったいなくて家や仕事場に持って帰ってしまってきた。

そういう本に出逢うにも、やはり立ち読みをうんとする必要がある。つまり、本とのアウト・ボクシングが多ければ多いほどに、本は本物になってくる。いったん入ってしまえばこちらのものだ。もうひとつ、言っておきたい。本は一人で読むものではない。読む時は一人ではあっても、読む前後にいくつかのバイブレーションがおこりうる。著者との会話もあるし、その本の先行読者人たちとの出会いもある。シェークスピアなど、ぼくは一千万人目か六千万人目ではないか。そこを重視してみたい。

当然のことながら、本はアティテュードとアディクションで読む。線の引き方、ページのめくり方、本棚の配置の仕方をふくめて、読書にもファッションがあるからだ。ださい読み方もある。なぐり込みならぬなぐり読みもある。

ぼくの場合は十冊ほど似た本を同時に読むことが多いけれど、これはふりかえってみると自分の服装にもあてはまる。それは、本が実用と遊戯の両面をそなえているからでもあるが、本が「自分」以上に自分の「本分」を調整してくれるように思えるからである。

（一九八一年七月記）

目次

【凡例】

●――本書は、一九八一年八月に刊行されたオブジェ・マガジン『遊』八・九月合併号 特集「読む」のための書き下ろし「松岡正剛が選ぶ[365]冊の遊学」を基本に構成した。

●――本文中の書影および本のデータは、一九八一年当時の「本」の気配を再現するため、あえて初出のままとした。

●――収録された本の多くは、現在は品切(あるいは絶版)状態にあるが、文庫化や新装化、また出版社を変えて刊行され、現在でも入手可能なものも少なくない。二〇一八年時点でのそれぞれの「本」の消息は、巻末の「注記と補足――三六五冊の未知の記憶」を参照されたい。

●――本文ページ隅の引用は、当時までに執筆された松岡によるエッセイから採った。

●――本文中と注記で触れられている「遊塾」は、一九七九年に松岡正剛が主宰した編集塾のこと。遊塾の塾生募集要項およびカリキュラムは、同年春に『遊』1006号で、次ページのように告知された。

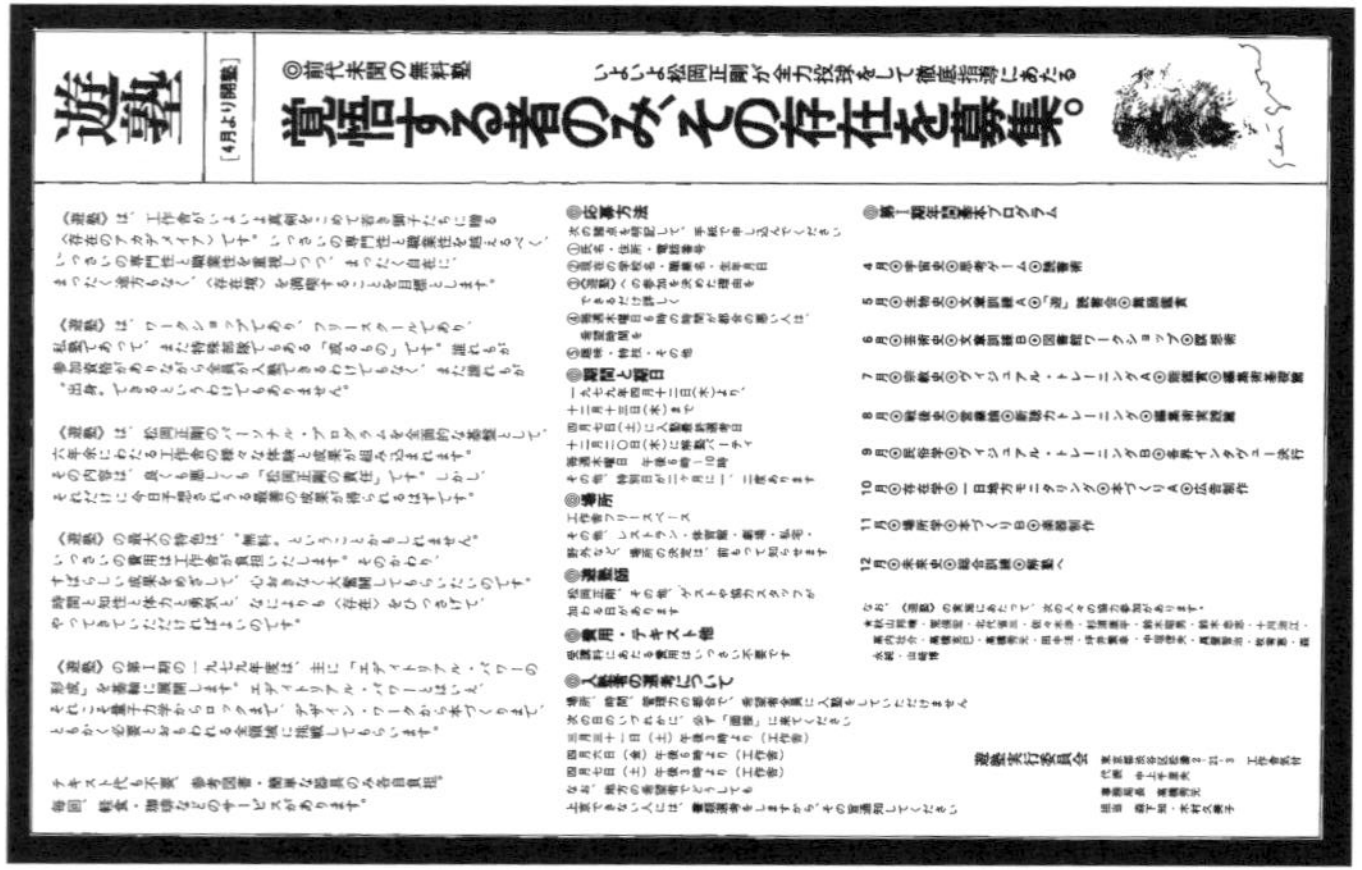

遊塾

［4月より開塾］

◎前代未聞の無料塾

いよいよ松岡正剛が全力投球をして徹底指導にあたる

覚悟する者のみ、その存在を募集。

〈遊塾〉は、工作舎がいよいよ真剣をこめて若き獅子たちに贈る〈存在のアカデメイア〉です。いっさいの専門性と職業性を越えるべく、いっさいの専門性と職業性を重視しつつ、まったく自在に、まったく途方もなく、〈存在境〉を満喫することを目標とします。

〈遊塾〉は、ワークショップであり、フリースクールであり、私塾であって、また特殊部隊でもある「成るもの」です。誰れもが参加資格がありながら全員が入塾できるわけでもなく、また誰れもが"出身"できるというわけでもありません。

〈遊塾〉は、松岡正剛のパーソナル・プログラムを全面的な基盤として、六年余にわたる工作舎の様々な体験と成果が組み込まれます。その内容は、良くも悪しくも「松岡正剛の責任」です。しかし、それだけに今日予想されうる最善の成果が得られるはずです。

〈遊塾〉の最大の特色は、"無料"ということかもしれません。いっさいの費用は工作舎が負担いたします。そのかわり、すばらしい成果をめざして、心おきなく大奮闘してもらいたいのです。時間と知性と体力と勇気と、なによりも〈存在〉をひっさげて、やってきていただければよいのです。

〈遊塾〉の第I期の一九七九年度は、主に「エディトリアル・パワーの形成」を基軸に展開します。エディトリアル・パワーとはいえ、それこそ量子力学からロックまで、デザイン・ワークから本づくりまで、ともかく必要とおもわれる全領域に挑戦してもらいます。

テキスト代も不要、参考図書・簡単な器具のみ各自負担。毎回、軽食・珈琲などのサービスがあります。

◎応募方法

次の諸点を明記して、手紙で申し込んでください

①氏名・住所・電話番号

②現在の学校名・職業名・生年月日

③〈遊塾〉への参加を決めた理由をできるだけ詳しく

④毎週木曜日6時の時間が都合の悪い人は、希望時間を

⑤趣味・特技・その他

◎期間と期日

一九七九年四月十二日(木)より、十二月十三日(木)まで

四月七日(土)に入塾者詮衡考日

十二月二〇日(木)に解散パーティ

毎週木曜日　午後6時〜10時

その他、特別日が二ヶ月に一、二度あります

◎場所

工作舎フリースペース

その他、レストラン・体育館・劇場・私宅・野外など、場所の決定は、前もって知らせます

◎遊塾師

松岡正剛、その他、ゲストや協力スタッフが加わる日があります

◎費用・テキスト他

受講料にあたる費用はいっさい不要です

◎入塾者の選考について

場所、時間、管理力の都合で、希望者全員に入塾をしていただけません

次の日のいずれかに、必ず「面接」に来てください

三月三十一日（土）午後3時より（工作舎）

四月六日（金）午後6時より（工作舎）

四月七日（土）午後3時より（工作舎）

なお、地方の希望者でどうしても上京できない人には、書類選考をしますから、その旨通知してください

◎第I期年間基本プログラム

4月◎宇宙史◎思考ゲーム◎読書術

5月◎生物史◎文章訓練A◎「遊」読書会◎舞踊鑑賞

6月◎芸術史◎文章訓練B◎図書館ワークショップ◎瞑想術

7月◎宗教史◎ヴィジュアル・トレーニングA◎音楽鑑賞◎編集術基礎篇

8月◎戦後史◎言葉論◎新聴力トレーニング◎編集術実践篇

9月◎民俗学◎ヴィジュアル・トレーニングB◎各界インタヴュー決行

10月◎存在学◎一日地方モニタリング◎本づくりA◎広告制作

11月◎場所学◎本づくりB◎楽器制作

12月◎未来史◎総合訓練◎解塾へ

なお、〈遊塾〉の実施にあたって、次の人々の協力参加があります。

★秋山邦晴・荒俣宏・北代省三・佐々木幹・杉浦康平・鈴木昭男・鈴木志郎康・十河清江・高内壮介・高橋巌巳・高橋秀元・田中泯・坪井秀寿・中垣信夫・真壁智治・牧章那・森永純・山崎博

遊塾実行委員会　東京都渋谷区松濤2・21・3　工作舎気付

代表　中上千里夫

事務局長　高橋秀元

担当　森下知・木村久美子

「遊塾」塾生募集告知。

選書・解説 ―― 松岡正剛
協力 ―― 荒俣宏

松岡正剛が選ぶ［365］冊の遊学

ハイパー・テクニック超読書の誕生

●——〈遊学〉とは横っとびできることである。上下運動は比較的よく行われていることだ。
僕はこのブック・リストを作成するにあたって横っとびを重視した。

吉田松陰や高杉晋作はこれを「横行」と呼び、わがカイヨワは「対角線の科学」と呼んだ。

読書はフォーメーションあるいは組織化である。一日一冊で一年、一ケ月一冊ならなんと三〇年。さて……。

●——ここにリスト・アップした[365]冊の遊学は、一二本のチャネルに分類され、
しかもそれぞれ進水しやすい順に配列しておいた。互いに隣あう二冊はその形式あるいは
内容において相互に共鳴しあっている。できるだけ三、四冊同時に読んでほしい。
このリストはすべて僕の読後感にもとづいた〈基本編〉である。
一チャネルにつき五冊をクリアーするつもりで参考にしてほしい。

●——★印はとりわけ必読書

01——読書はイマジネーションにはじまる

読書はイメージの
探検隊員に
志願することだ。
だからまず**夢中**になれる
本を**選**ぶべきだ。
そして**空想**の**悦楽**の
コツをつかむ。
相手のペースに
まきこまれたく
なるようにする。
そんな**本**を**34冊**。

0101★

フレドリック・ブラウン
宇宙をぼくの手の上に
中村保男訳／創元推理文庫

二十二、三歳までほとんど読書らしい読書をしていなかった女性が、僕が勧めたこの一冊を機に数ヶ月のうちに幻想時空の梵天と化していた。いわゆるＳＦ的鬼才の名人芸がどんな本嫌いをも治癒してしまう。

0102★

稲垣足穂
一千一秒物語
新潮文庫

これは入門であって出門の一撃だ。それほどに完成度が高い。クリスタルゼーションとはこのことだ。量子都市の一隅の異質気配が気がかりなすべての人のための聖コント集とおもっていただければよい。

0103

イタロ・カルヴィーノ
レ・コスミコミケ
米川良夫訳／早川書房

月にミルクをとりにいく話、お昼が誕生した話、空間でスパゲッテイをつくる夫人の話、こちら側にとり残された話、恐龍と闘った尻尾のあるおじさんの話、まあそのほかいっぱいのQfwfdというホラ老人の話。

0104

三島由紀夫
美しい星
新潮文庫

0105

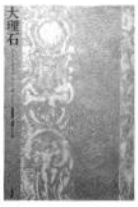

ピエール・ド・マンディアルグ
大理石
澁澤龍彦ほか訳／人文書院

0106

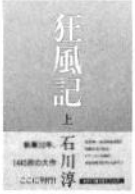

石川淳
狂風記［上・下］
集英社

超遠距離から人間のありさまを見たらどう見えるのか。次々に円盤を見てしまった大杉重一郎一家が逆宇宙人化するプロセスをとらえて、「これはＳＦではない」と断言する甚だＳＦ的なイメージ・ランドリー。

イマジネーションがこれほど正確に連鎖する作品はめずらしい。作者本人に尋ねたら実際にみた夢を素材にしたという。僕は実験映画をつくるつもりで読んだ。作者は現代フランス文学の長老。澁澤らの翻訳も極上だ。

イメージの無政府状態とはこういう結構を言うのだろう。やや長篇なので取り組みにくい読者には、同じ作家の初期作品『普賢』や『紫苑物語』から入ることを勧める。それなりに魂が洗われる。大江健三郎より石川淳だ。

0107

方法の実験

現代文学の発見2

學藝書林

『現代文学の発見』は最も企画精神が横溢した全集として名高い。埴谷雄高『死霊』や稲垣足穂『弥勒』はこの全集によって世に知られた。そのうちの一巻。内田百閒の『冥途』、川端康成『水晶幻想』ほか収録。

0108

つげ義春
ねじ式

小学館文庫

一九六〇年代のピークを飾った劇画だ。日本的シュルレアリスムの極北を示す記念碑でもある。『ガロ』に掲載された。どこか唐十郎の舞台に通じるものを感じるのは僕だけだろうか。あわせて西東三鬼句集なんぞを読みたい。

0109

夢野久作
ドグラ・マグラ

社会思想社教養文庫

たった一瞬のうちにどれほど厖大なイメージの嵐が通り過ぎるのか――この誰にも異様な興奮をもって訪れる謎を奇抜な構成で解いてみせた超ミステリーである。「脳は自分の脳を考えられるのか」といった主題。

0110

井沢元彦
猿丸幻視考
講談社

「奥山に紅葉踏み分け鳴く鹿の声きく時ぞ秋はかなしき」の猿丸太夫は柿本人麻呂だったのか。この奇怪な謎を若き折口信夫がコード・ブレイカーよろしく解いてゆく。国文学推理小説の新たな境地を開いた傑作だ。

0111

アーサー・マッケン他
怪奇小説傑作集 1
平井呈一訳編／創元社推理文庫

最後の一行で身も心も凍る恐怖を味わうのも読書の醍醐味だ。ここには名ジョッキー平井呈一が精選した怪奇の職人芸が九篇並ぶ。お味は保証付。まずお茶をのみながらレ・ファニュの怪奇を……。気に入れば他の四巻も。

0112

スティーヴン・キング
シャイニング
深町真理子訳／パシフィカ

S・キューブリックの映画化で有名になったが、実は原作の方がすごい。まさしく「恐怖の心理学」をテクストにしたような作品だ。同一作者の『キャリー』に続いて読めばなお一層の恐怖のデザートが楽しめる。

人麻呂に言語が集中されて言魂になったちょうどその分だけ、権力者たちは言語を失って代わりに「国家」を得たのである。――国家と言語の分岐点に立った観念の話

0113★

フレッド・ホイル
暗黒星雲
鈴木敬信訳／法政大学出版局

定常宇宙論を提唱した現代イギリスの天文学者ホイルの、文字通りの科学幻想小説。宇宙的恐慌というものの真骨頂が数々の天文学的知識とともに伝わる。一方で、正統遊学の勇気を飾る好著になっている。

0114

アイザック・アシモフ
空想自然科学入門
小尾信哉＋山高昭訳／早川書房

アシモフばかり読んでも広大な遊学空間を散策できる。本書はそれらアシモフ館の玄関にあたる若々しい挑戦のエッセイ集。太陽系に二ツの太陽があるなど、二〇年前にして大胆な予言をあてている。

0115★

ジョージ・ガモフ
不思議の国のトムキンス
伏見康治訳／白揚社

科学入門書として最も有名で、かつ最もアイデアに富む。トムキンス氏のまどろみとともに極微と極大のフィジカル・イメージ・ワールドがパノラマ化する。アシモフとガモフの二人のＭＯＶ（モフ）はタフですね。

0116

朝永振一郎
物理学とは何だろうか［上・下］
岩波新書

0117
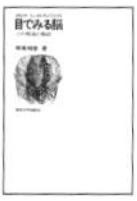

時実利彦
目でみる脳
東京大学出版会

0118

ハル・クレメント
重力への挑戦
井上勇訳／創元推理文庫

フィジカル・イメージの基礎を得るにはもってこいだ。とくに熱力学を分子イメージで語りきるという挑戦に成功している。せめて上巻だけでも読むといい。です・ます調の、朝永博士の最後の著作である。執筆中に亡くなった。

脳の機能は進化と発生史の裡にとらえるのがよい。本書はシンプルな図解を通して脳に関する基礎知識をうまく按配した好著。さらに同著者の『脳の話』（岩波新書）を併読し、その後に角田忠信『日本人の脳』などへ。

クレメントは〝科学上のウソをつかないSF作家〟として名高い。表面重力が巨大で高速回転する偏平楕円惑星メスクリンを舞台にしたこの奇妙な味の作品も、白鳥座61伴星を実計算によってモデリングした。

古来、光と物質は、時に神として時に精神として
時に社会として相手にされてきた。——ニュートリノ・ビエンナーレ

0119

寺田寅彦

寺田寅彦随筆集

岩波文庫

0120

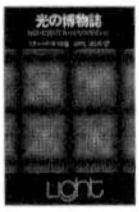

リチャード・モリス

光の博物誌

はやしはじめ訳／白揚社

0121

松岡正剛

自然学曼陀羅

工作舎

本当はフンパツして全集を買い、ちびりちびり読むのがいい。僕は寺田物理学のフィジカル・イメージに惹かれて「科学的愉快」というコトバをつくったが、もっと無数の発想が生まれるだろう。懐手して宇宙見物するように読むこと。

光を主人公として神話・絵画から写真・現代物理学に及ぶ。ごく初歩的な案内を狙いとした〝読む光のサーカス〟である。アーティストを志す青年青女は各種学校へ行くより自然学から渉猟をはじめるべきだろう。

Physicsは物理学と訳すより自然学と訳した方がうまい。その自然学の底辺と東洋思想を初めて結びつけ、そこにさらに超自然学的エッセンスの液滴を加えたのがこの本だ。序章と終章を鉱物の歌が飾っている。

0122

アーサー・ケストラー
偶然の本質
村上陽一郎訳／蒼樹書房

0123★

ライアル・ワトソン
未知の贈りもの
村田恵子訳／工作舎

0124

ジェラール・ド・ネルヴァル
ネルヴァル全集 3
佐藤正彰＋渡辺一夫ほか訳／筑摩書房

J・B・ライン博士のESP理論を紹介しつつ、自然学における「奇妙さ」をたくみに叙述する。とくにシンクロニシティ（同期性）という超科学現象に迫るケストラーの眼が圧巻。偶然こそ世界の出来事の本質である。

この本を読んで魂が浄化されない人はいまい。東南アジアの小島の民俗学的背景をいかした物語に、著者は随所に超科学に関する考察を加える。「意識は時空の自己組織領域の産物だ」をテーマとしたメルヘン。

「夢は第二の人生だ」にはじまる『オーレリア』はハード・メルヘンとも幻覚小説ともモンスター・ユートピアの実現ともとれる十九世紀前半の作品。他の収録作品のすべてが〝幻想の父〟にふさわしい逸品である。

すぐれた数学が数字を忘れさせるように、
文学は言葉を忘れさせなければならない。——量子文学頌

0125

シオドア・スタージョン
人間以上
矢野徹訳／早川書房

不具者にも長所がある。その長所をすべて集めたチームは一人の人間より優秀かもしれない。われわれの裡にひそむゲシュタルト・オーガニズムを求めて鬼才が描いた存在学的ＳＦの名作。僕は泣いてしまった。

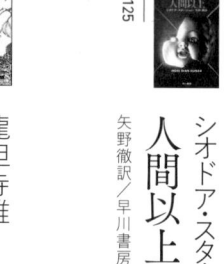

0126

龍胆寺雄
シャボテン幻想
毎日新聞社

植物は遊んでいないか――。こんな難問に答えられるのは龍胆寺さんしかいない。川端康成に文壇しめだしを喰って、一転して、シャボテン一筋に世界的学者として名を馳せた著者の名エッセイ集だ。植物＝恋学の本。

0127

山下正男
植物と哲学
中公新書

植物学の本ではない。植物にまつわるイメージの拠点を渉猟するミニ・エンサイクロペディアとしてすばらしく刺戟に富んだ本だ。同じ著者の中公新書『動物と西欧思想』にも見られた遊学の気配が横溢する。

0128

高橋克巳＋松岡正剛

神秘と冗談

工作舎プラネタリー・ブックス

神秘研究の高橋克巳と僕が自由に話しあった対話集だ。オカルティズムが主義主張に陥らないための「神秘の余情」というものをお互いに尊重した。やさしい神秘学入門の一書としても読めるとおもう。

0129

カルロス・カスタネダ

呪術師と私

真崎義博訳／二見書房

閉じたトナール状態から開いたナワール状態へ。ヤキ・インディアンの呪術師ドン・ファンに導かれた人類学者カスタネダの驚くべき供述の書。第二作『呪術の体験』と第四作『呪術の彼方へ』はもっと感動的だ。

0130

ジョージ・レオナード

サイレント・パルス

プラブッダ＋芹沢高志他訳／工作舎

身体の内なるリズムがどこかで宇宙のリズムにつながっていることは誰でも知っているが、そのつながりを豊饒に説得できた例は、この本が最初だった。ハード・アイからソフト・アイへの転換も試みられる。

超自然力に恩寵を知るならば、われわれもまた
超自然的努力による正義を発揮しなければならない。——埋もれた『埋宮』についての紹介

0131

川喜田二郎＋岩田慶治

人類学的宇宙観

講談社現代新書

人類学には生命観とアニミズムの両方が必要である。そこには主体と客体の区別がない。これは、日本を代表するフィールド・ワーカー二人が共通のアニマ（魂）を求めて語りあった「イメージの原型」の旅だ。

0132

金関丈夫

お月さまいくつ

法政大学出版局

鼻の挨拶、二枚舌、ハゲアタマの一考察、日本人の手と足、青い遠山、ロセッティの芸術……収録エッセイの表題の一部だ。自在な民族学者の発想が大いに楽しめる本。お月さまいくつ、十三七つ、とは何か。とてもエロい本。

0133★

エドガー・アラン・ポオ

ユリイカ ポオ全集5

谷崎精二訳／春秋社

ポオは何を読んでもポオである。「催眠術の啓示」などを第一読にあててはどうか。『ユリイカ』はフンボルトに想を得た重力宇宙交響曲の結晶。傍線や書きこみをいっぱいにして、僕は三度読んだものだった。ユリイカは「ユーレカ！」のこと。

0134

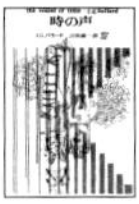

J・G・バラード
時の声
吉田誠一訳／創元社推理文庫

プールにマンダラを描く生物学者と麻酔性昏睡の一団と時を読むデボン紀砂岩。異様な意識技術の過熱が進行する中、さらに得体の知れぬ宇宙数字の信号がやってくる。これほどイマジネーションが鍛えられる本はない。

しかも！　ひょっとして！　ポオは「宇宙に独創性を持ち込むことの無意味」まで知って『ユリーカ』に着手したのかもしれない。――「ユリーカ失敗作」説拾遺

02——読書は男のケンカだ

ケンカと**共謀**、

ダンディズムとアナキズム、

暴力と**倫理**——

これらは**読書**においても

一緒にやってくる。

たった**一冊**の**本**が

決断を**助**ける

かもしれないという、

そんなおもいで

幅広く**選**んでみた。

0201

本宮ひろ志
男一匹ガキ大将
集英社

0202

雁屋哲＋由起賢二
野望の王国
日本文芸社

0203

フレデリック・フォーサイス
ジャッカルの日
篠原慎訳／角川文庫

青年・万吉親分が番長・ヤクザ・乞食・学生を縦横に組織して次々に大ゲンカを仕掛けるという痛快無比な長編劇画。「ガキ大将」という日本人独特のエネルギーを最大限にうまく出している快作だ。ガキで悪いか。

本宮ひろ志に較べて、さらに法外までに男の野望がむきだしになった劇画。裏切りの哲学ともいうべきテーマをこれほど執拗に追求しているのもめずらしい。無口のスナイパーが成功しつづける『ゴルゴ13』にあきたらない猛者に勧めたい。

冷徹な男の闘いをテロルを通して描いた作品は多いが、これはやはり白眉だろう。最後の一ページまで暗殺計画者と刑事の闘いはゆるがない。フォーサイスはこの後、『オデッサ・ファイル』『戦争の犬たち』へ。

「本」とは一個の積層する時空模型であるのだから、
もっともっと仕掛けが投入されてよいのではあるまいか。――絵本的電界の消息

0204

ジョン・ル・カレ
寒い国から帰ってきたスパイ
宇野利泰訳／ハヤカワ文庫

スパイ小説の名作。これでスパイものの世界が変わった。ドラマは東西緊張を舞台とした二重スパイ形式をとっているが、硬玉（トパーズ）よりも冷たくならざるをえない「男の仕事」が共感をそそる。緻密なスリルだった。

0205

山本周五郎
正雪記
新潮文庫

由比正雪の叛乱を題材に、デュマの『モンテ・クリスト伯』ふう大仕掛けをもちこんだ快談である。江戸幕府の浪人政策に対する歴史眼もよく効いていて、「男の一生の反抗とは何か」をふと考えさせられる。

0206

モーリス・ルブラン
813［正・続］
堀口大学訳／新潮文庫

アルセーヌ・ルパンものの中ではこれがとびきりだ。怪盗のダンディズムが絶対絶命の状況の中でよく描かれ、しかも巨大な歴史の謎解きに大胆につながっている。ルパン・シリーズは女性こそ読んでください。

0207

アルフレッド・ベスター
虎よ、虎よ！
中田耕治訳／ハヤカワ文庫

テレポーテーションを可能にしたジョウント効果によって惑星間戦争激化の二十五世紀を舞台に、顔に虎の刺青をされた未来ガリバーが徹底して復讐劇を演じる。歴代ベスト5にランクの、しごく有名なSF。

0208

林不忘
丹下左膳
筑摩書房

独眼の北一輝をモデルにしたという化物じみた片眼片腕の剣客・左膳が痛快なのは、林不忘の猛然たる文体のせいである。これは幸田露伴が男を描く時の苛烈に通じる。それはともかくも、こんな男はまずいない。

0209

野坂昭如
てろてろ
新潮文庫

オナニストとスカトロジストと酒乱の三人の自閉症組が突如として「テロの自覚」に芽生える。戯作三昧の野坂昭如が「心優しき暴力論」を随所に折りこんだ。てろてろ坊主、てろ坊主、明日嵐になあれ。

かつて詩人マラルメは書物宇宙を絶対化して、書物にしか未来の可能性がないことを主張したが、実はわれわれの意向はその逆である。――文字の背後の宇宙

0210

中部博編集

暴走族一〇〇人の疾走

中部博編集／第三書館

中部博によるストレート・エディトリアルが効いた暴走族一〇〇人のインタヴュー集。意外にツッパリのない発言と一時のファナティズムを自覚している青年像に驚かされる。〝くずれコトダマ事典〟でもある。

0211★

谷川雁

戦闘への招待

潮出版社

六〇年安保闘争期の名エッセイ「定型の超克」と「前衛の不在をめぐって」を収録したこの本は、日本における思想的同位性と対立性の上に立つ組織的闘争の意味を、いまなお問い続ける記念碑だろう。

0212

埴谷雄高

幻視のなかの政治

未来社

谷川雁を読んだら埴谷雄高の政治エッセイ集も通過しておきたい。中ソ論争下の世界政治からスターリン主義とフルシチョフ主義の虚像を暴く叙述は、これもひとつの「観念のケンカ」の手本になっている。

0213

山本義隆
知性の叛乱
前衛社

全共闘時代を象徴する山本義隆が当時主張していたのは「攻撃的知性の復権」だった。そして十年、世は「感性的保身の流布」にとどまっている。しかしここに刻印された「反大学」のスローガンこそ、まだ存命中だ。

0214

東アジア反日武装戦線KF部隊
反日革命宣言
鹿砦社

天皇暗殺計画を記した『腹腹時計』はもはや店頭にはないので、この本を推す。これは例の〝狼〟の三菱・三井・帝人・大成・鹿島・間組その他の爆破闘争記録書。巻末にヒロヒト暗殺未遂の経緯がのっている。

0215

沢木耕太郎
テロルの決算
文藝春秋

山口二矢が浅沼稲次郎の刺殺を計った翌朝、僕の友人は「おまえはなぜ泣かないか」と怒った。大江の『セブンティーン』とはまったく異質に、テロリストと野党政治家の一瞬の交錯に賭けた名ノンフィクション。

ネジを右巻きに巻くばかりがすべてではない。逆巻きにしてポロリと落ちたネジのそれ自身の重さを知らねばならないときもある。——神と国家に対する反逆の精神

0216

保坂正康
檄文昭和史
立風書房

誰かを殺したくなったこと、ヤツラに大声で聞かせたくなったこと——。誰もが一度や二度は心覚えのあることだろう。著者は昭和史の代表的檄文二十二本を資料に、死を賭して訴えようとした反歴史をレリーフする。

0217

かわぐちかいじ
テロルの系譜
立風書房

『唐獅子警察』で人気を博した劇画家の、これはマンガ版の日本暗殺史。掘り下げは足らないが、男が男を殺す必然性の悲哀を劇画ならではのシチュエーションで描出する。大久保利通暗殺から東條英機暗殺まで。

0218

ルネ・カナック
ネチャーエフ
佐々木孝次訳／現代思潮社

ドストエフスキー『悪霊』のモデルとなった稀代の陰謀家ネチャーエフの、バクーニンに影響を与えた革命ニヒリスト時代からウスペンスキーらとの「斧の会」を経てテロリストに至る劇的裏面史を綴った得がたい本。

0219

フランツ・ファノン

黒い皮膚・白い仮面

海老坂武＋加藤晴久訳／みすず書房

0220

ロバート・グレーブス

アラビアのロレンス

小野忍訳／平凡社東洋文庫

0221

スウェン・ヘディン

中央アジア探検記

ノンフィクション全集1

岩村忍訳／筑摩書房

黒い肌の血は黒くない。おまえたちはこの血を黒と呼べるのか。黒人運動きっての理論家ファノンが十全な論証と推論をひっさげて次々にブラック・イデオロギーを確立した。これはその代表著作集のひとつだ。

ピーター・オトゥール主演の映画であまりにも有名になったものの、この原作とT・E・ロレンス自身が綴った『知恵の七柱』は、活字のみがもつ精巧な記録的興奮を「内側の必然性」から証してくれる。

小学生の頃にリヴィングストンの絵本を読んで以来、僕の探検記遍歴は尽きることがない。なかでもヘディンの殺漠たる西域アジア踏破の記録は忘れられない。シルクロード・ブームの原点になった涙ぐましい奮闘記。

0222

マイケル・コリンズ

月に挑む

海輪聡訳／藤森書店

男の挑戦はあらゆる領域に及ぶ。これはアポロ11号に乗りこみながら月面には降りない役目だった一人の宇宙飛行士の、それなりに壮絶な男の闘いの記録である。宇宙工学および宇宙イメージの入門書としても良質だ。

0223

クリス・ウェルナ

ジミ・ヘンドリックスの伝説

菅野彰子訳／晶文社

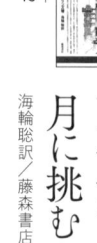

ロックン・ロールであろうとすることがすでにサウンドに攻撃をかけていることだった。エレキ・ギターとドラッグのバイブレーションがどこかで極点化を犯して死んでいった天才の、これは逆性鎮魂歌だ。

0224

ニューミュージック・マガジン編集部

死者のカタログ

ニューミュージック・マガジン社

たった十年間でロック・ミュージシャンが死の行軍のごとく次々に倒れた。麻薬のせいばかりではない。ひとつの時代の死でもあった。ずらりと死者のロッカーの解説を並べた本書の企画性に僕は唸った。

0225

エルネスト・チェ・ゲバラ
ゲバラ日記
高橋正訳／角川文庫

0226

レオン・トロツキー
わが生涯
栗田勇＋澁澤龍彦ほか訳／現代思潮社

0227★

ピョートル・クロポトキン
ある革命家の思い出
高杉一郎訳／平凡社

草があれば草になり、木があれば木のごとく立ちすくみ、攻撃があれば容赦なく突撃し、宴があればそれを世界の最後として飲む――。ゲリラ・コマンドの実態を伝える本は、いまなおゲバラの手になるもののみだ。

トロッキーの自伝は名文だ。とくにシベリア流刑前後とレーニンとの確執の描写がよい。できれば『裏切られた革命』と併読したい。さらに関心があればドイッチャーの「トロッキー伝三部作」（新潮社）が完璧だ。

トロッキーが裏切られた革命家だとすれば、前時代のクロポトキンは「倫理の革命家」である。地理学者としての名声を捨て監獄・脱走・亡命の闘いを持続させる反国家の倫理の記録に、一度は目を通す日がある。

文学、数学が個人の空想を許しているならば革命も今日なお
個人の空想の言明領域にも位置していると言うべきである。――言明命題と観察言明命題

0228

出口京太郎
巨人出口王仁三郎
講談社文庫

こんな途方もない男がいたということを知るだけで充分だ。大本教を神道化し、大正維新を提唱し、七二巻の口述本を刊行、時にモンゴル王国を構想し、時に新聞を買収し、ついに亀岡に月宮殿をつくった破天荒な生涯。

0229

谷川道雄＋森正夫編集
中国民衆叛乱史 1・2
平凡社東洋文庫

中国史あるいは叛乱史によほどの関心がないと通読はできない。だが、叛乱の戦略戦術と生態学をみるのに、こんな適切な本はない。各章ごとに挿入されている解説を拾うだけでもだんだん血が騒ぐにちがいない。

0230

寺尾五郎
草莽吉田松陰
徳間書店

幕末維新の階級闘争に大塩平八郎・吉田松陰・三浦帯刀・相楽総三のラインを見る寺尾五郎。これは最も充実した吉田松陰評伝だ。草莽（そうもう）とは日本流遊撃隊、つまりゲリラのこと。志士松陰から草莽松陰への転回を読みたい。

0231

大岡昇平
天誅組［上・下］
講談社文庫

0232★

施耐庵
水滸伝［上・中・下］
駒田信二訳／平凡社

0233★

ロジェ・カイヨワ
戦争論
秋枝茂夫訳／法政大学出版局

大岡昇平は『野火』に次いでは、この作品が充実している。将軍家茂上洛を期に京都に集結した天誅組の面々を刻明に記述する手法は、鷗外ふうの歴史小説を解体して、むしろ闘争のリアリズムを燃え上がらせる。

ズバリ『水滸伝』こそは、天下国家を案ずる男たちの浪漫の典型だろう。この梁山泊にこもる物語を知らないまま十代を終えるのはあまりにも片手落ちである。横山光輝の劇画でもいい、どうしても読んでもらいたい。

第二部「戦争の眩暈」が圧巻である。「祭祀と戦争は社会が必需する沸点であり痙攣である」という観点から、いわばヨーロッパ流の〝ハレとケの人類学〟を基底とした文明原理を展開する。一種の対称性理論だ。

他人の文章を読もうとするのも間接の覗き趣味だ。——遊門鬼門

03——読書が記憶の気配をふるわせる

記憶なんてものは
ふだん**死**んでいる。
それがある**種**の**本**に
出逢うと**忽然**と
立ち**上**り、
そのまま「**未知**の**記憶**」を
までよびさます。
そうしたらしめたものだ。
もう、**神秘**が**友人**に
なってくれている。

0301★

レイ・ブラッドベリ

何かが道をやってくる

大久保康雄訳／創元推理文庫

冒頭に、その避雷針を売る男は嵐の空模様に似た色の服を着ていた——とあって、そこからもうブラッドベリの少年の日の独壇場がはじまる。われわれは今日も明日もドキドキした一日を送るべきなのだ。

0302

フェデリコ・フェリーニ

私は映画だ

岩本憲児訳／フィルムアート社

僕はフェリーニの「私は何も保存しない」という言葉が好きだ。だからこそいつだって自由な夢が見られるのだ。この本は悪い記憶をそのままにして日々を送っているすべての人々の魂を、ふいに救ってくれるだろう。

0303

唐十郎

ジョン・シルバー

唐十郎作品全集1

冬樹社

唐十郎は「半記憶的な名前世界」に生きている。唐には実体が重要なのではなく、たとえば春日野八千代とかジョン・シルバーという名前の時空に遊んでいることが人生なのだ。それはフェリーニとたいそう対照的な少年をおもわせる。

文字はつねにダイナミズムとフラジリティの
力学的関係の上に成り立ってきた。——金属サーカスよ永遠なれ

0304

トーマス・マン
ヴェニスに死す
実吉捷郎訳／岩波文庫

0305

J・G・バラード
沈んだ世界
峰岸久訳／創元推理文庫

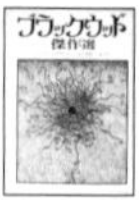

0306

アルジャーノン・ブラックウッド
ブラックウッド傑作選
紀田順一郎訳／創元推理文庫

初老の作家グスタフ・アッシェンバッハが異国の美少年タッジオの耽美的緊張に溺れつつ滅びてゆく――。この著名な唯美主義ストーリーは、なぜか若き読者の中にさえ初老の哀愁という「明後日（あさって）の記憶」を植えこむ。

ケランズが海賊に誘われて、水没した旧都のプラネタリウムを探る場面に、ふいに「無意識の世界まで行ってしまわないでくれよ」と声がかかる。それこそバラード得意の内宇宙からの信号だ。未来中世を記憶させる傑作。

狂気なんてない。すべてが真相だ。前世の記憶と輪廻を底辺においた名作『いにしえの魔術』や『雪女』はそんな戦慄を主張する。『ウェンディゴ』の終章、ある男が縮んでしまう場面を、どう読みますか。君は縮んでない？

0307★
大岡昇平
野火
旺文社文庫

日本文学絶対必読は折口『死者の書』と足穂『弥勒』とこの『野火』。戦争という極限状態で「光景」というものをさまよいつつ人間を喰う〝常識の鬼気〟が活写された作品は、他に野上弥生子の『海神丸』や武田泰淳『ひかりごけ』など。

0308
エド・サンダース
ファミリー
小鷹信光訳／草思社

シャロン・テート殺害のチャールズ・マンソンの、いわゆる〝ファミリー〟の狂気の共同幻想譜を、元ミュージシャンが素ッ気なく、しかも徹底的に白昼にひきずり出したストレート・ドキュメンタリー。読み応え充分。

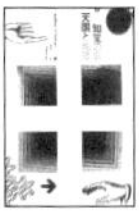

0309
オルダス・ハックスレー
知覚の扉
今村光一訳／河出書房新社

「LSD百ミリグラムを！」と走り書きして死んだベラボウに博識だった作家のメスカリン体験記。アンリ・ミショーの同種の記録『みじめな奇蹟』と読みあわせて、ドラッグ・トリップの倫理を享受されたい。

紙幣だって、紙幣であることよりも
紙幣製版機のリアリズムの裡に紙幣の本質をもっている。——鳳仙花とハーモニカ

0310

ヨハネス・ケプラー
ケプラーの夢
渡辺正雄＋榎本恵美子訳／講談社

ドラッグがなくても宇宙大の悪夢は見られる。魔女裁判にかけられそうな母をもったケプラーの、これは想像を絶するSF的両世界物語だ。天文学的常識を平気で破っているところがミソ。それがケプラーの本質だ。

0311

中島敦
中島敦全集 1
筑摩書房

まず古譚シリーズを読みたい。憑きものに酔う男の屍体を喰う『狐憑』、自分のミイラから前世を直観した男の物語『木乃伊』、虎になった男を描いた名作『山月記』、文字霊に復讐された王の『文字禍』。次に……。

0312

坂口安吾
夜長姫と耳男
角川文庫

弥勒と化物ばかり彫る飛騨の若い工匠が、何十匹もの蛇を天井からぶらさげて狂喜する美しい夜長姫を刺した。その絶頂めがけて、『桜の森の満開の下』に続く安吾一流の凄絶な美学がしらしらと押しよせてくる。

0313

柳田国男
日本の昔話 日本の伝説
旺文社文庫

0314

桜井徳太郎
霊魂観の系譜
筑摩書房

0315★

折口信夫
死者の書 折口信夫全集24
中央公論社

日本の昔話集成は類書が多いが、まず手はじめに柳田のこの一冊が迎えやすい。他に『遠野物語』あるいは『桃太郎の誕生』へ読みすすむ。ニッポンの祖霊の記憶は二十代前半までに覗き見しておいて損はない。

歴史民俗学という領域の確立を企図する著者の、やや学術的ではあるがそれだけに、とらえどころのない霊魂観や怨霊観をつかまえる視点の鮮明な一書である。柳田・折口民俗学の門をくぐるにもたやすい。

した・した・した……こう・こう……。絶妙の古拙擬音に操られ、二上山麓当麻(たいま)の地、孔雀明王のちろめく光に魂よばひがはじまる。驚嘆すべき魂の想像力が語部となって織りなす原記憶の書。ほゝき・ほゝきい。

いずれにせよ、現代は〝一人の夢多きケプラー〟の欠乏している時代だ。——光束演舞会

0316

宮田登

神の民族誌

岩波新書

日本民俗学の新時代を疾駆するようにリードする著者が『生き神信仰』に次いで世に問うた絶好の一般解説書。日本人の内奥に宿るハレとケの周期を生活構造観念との関連で丹念にあかした。反中央集権の書でもある。

0317

ミルチャ・エリアーデ

聖と俗

風間敏夫訳／法政大学出版局

エリアーデをどこから読むか、これは難問だが、ルドルフ・オットーの名著『聖なるもの』を次ぐ一書として本書を挙げる。ここに貫かれる思潮は「聖なるものはみずから顕われる」と「カオスとコスモスの交代劇」である。

0318

カート・セリグマン

魔法

平凡社

一人の画家が神秘主義化し、ついにオカルティズムの通史的事典をつくった。それが本書だ。コリン・ウィルソンや澁澤龍彦に入る前に通観しておくと、妖しいオカルト史が手にとるように氷解する。原題は〝呪術史〟。

0319

聖書

日本聖書協会

ノストラダムスの予言解説書を買うのならまず聖書を入手すべきだ。聖書こそオカルトの集大成である。旧約の創世紀、出エジプト記、新約の使徒行伝、暗示に富むヨハネの黙示録あたりを小説のように読んでほしい。

0320

イマヌエル・ヴェリコフスキー

衝突する宇宙

鈴木敬信訳／法政大学出版局

天下に奇書の数は知れないが、あやうく確信したくなる本は少ない。本書は旧約聖書に綴られた大洪水などの事蹟が金星と金星と地球の大接近によってもたらされていたことを博引傍証で見事に構築してみせた。

0321

ブライアン・W・オールディス

地球の長い午後

伊藤典夫訳／ハヤカワ文庫

自転を停止した地球は月と対遊星の関係に入り、おびただしい食肉食虫植物におおわれる。原題は『温室』。細部を刻明に描写して「総体としての異常」を感知させるニューウェーブ作家の独壇場だ。巧みな訳文の手応えがいい。

人々がノートの切れ端に綴った文字をも公開するに及んで、
事態はすっかり別の様相を呈してしまった。――スーパーマーケット・セイゴオ

0322

埴谷雄高 監修
幻想飛行記
北宋社

小泉八雲『夢飛行』、朔太郎『天界旅行への幻想と錯覚』、地味井平造『煙突奇談』、城昌幸『ジャマイカ氏の実験』、梶井基次郎『Kの昇天』、内田百閒『東京日記』などを、堀切直人がアンソロジーに組んだ。

0323

山田正紀
神狩り
ハヤカワ文庫

ラッセルがヴィトゲンシュタインに神秘主義的誤差を見出したという一点から、若冠二十三歳の山田正紀がスタニスワフ・レムばりの神の存在学問答を編み出した。時は現代、主人公は情報工学者、謎は古代文字。

0324★

白川静
漢字の世界 1・2
平凡社東洋文庫

僕が東洋に自信をもてたのは、ひとえにこの本のおかげだ。『遊』に多くの漢字グラフィズムが登場するのもこの本のバイブレーションによる。漢字は一個の方形の宇宙であって、それ自体が霊魂であるような模型なのである。

0325

アンリ・マスペロ
道教
川勝義雄訳／平凡社東洋文庫

0326

吉野裕
風土記世界と鉄王神話
三一書房

0327

水野祐
勾玉
学生社

道教、その背景としてのタオイズムを大枠でつかむ最良の案内書だ。僕はこの本で中国産の精神の技術史がありうることを知りそのままタオの黄昏の方へ傾倒していた。通史なら窪徳忠『道教史』がうまい。

かなり破格な仮説民俗学だ。原田大六や吉野裕子も破格だが、この人には切ッ先の鋭いイマジネーションが飛ぶ。「鉄部族」という一点で原日本を跳梁したかつての福士幸次郎を上回る鉄王日本の興奮が渦巻く。

日本古代史学の急先峰であった著者は、ここで「勾玉は月のシンボルだった」という大胆な仮説を提出する。その真偽はともかくも、この本を〝想像と記憶の国家・出雲〟への第一歩として勧めておきたかった。

0328

藤森栄一
銅鐸
学生社

勾玉も銅鐸も謎の古代オブジェだ。しかもそこにはわれわれの原記憶がまるごと秘匿されている。古代オブジェを解くことはすなわち魂のカタチを知ることでもある。銅鐸解明に一生を捧げた民間学者の鎮魂歌を読む。

0329

ロジェ・カイヨワ
石が書く
岡谷公二訳／新潮社

ヨーロッパの街には鉱物を売っている店が多い。古本と鉱物が一緒に売られていることもある。そんな石の一かけらをじっと眺めていると、次から次へと記憶の光景が析出してくる。ミネラリスト・カイヨワ！

0330

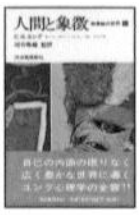

カール・グスタフ・ユング他
人間と象徴［上・下］
河合隼雄監訳／河出書房新社

シンボルとオブジェの正体は無意識界の下に眠っている。その眠れる獅子とうまく戯れることこそ真の遊学だ。機知に富んだ多くの図版を駆使してシンボリズムの構造に手をくだした好ましい一般解説書だろう。

04——読書で自分をあらためて知る

「自分」とはなぜ
「自を分ける」と綴るのか。
この不可解な生物の
構造と機能に分け入り、
隠れた隙間を発見し、
壮大なムダに驚くのも、
読書の中では
比較的たやすいことだ。
まず動物=人間から——。

0401

アドルフ・ポルトマン

人間はどこまで動物か

高木正幸訳／岩波新書

サルは誕生時にはヒトに酷似し、ヒトは赤ん坊時にサルに酷似する。われわれはどうやら全進化史を子宮から出てくるほんの五分間で再現しているのだろうか。比較胎生学の権威がネオテニー（幼形成熟）の謎に挑んだ。

0402★

デズモンド・モリス

人間動物園

矢島剛一訳／新潮選書

絶対必読。一読後の変化は巨大だろう。モリスはロンドン動物園にもいたことのある動物学のエディトリアル・プランナー。本書では「刷りこみ」と「刷りちがい」という重大な見解が平易にディスプレーされる。

0403

栗本慎一郎

パンツをはいたサル

カッパ・ブックス

経済人類学というニュージャンルの旗手が痛快な展開で説いた人類愚行告発書。「人間はどういう生物か」の副題がついている。ようするに人間とは、生物学上何らの利得もないパンツをはいてしまった動物なのだ。

0404

バーナード・ルドフスキー

みっともない人体

加藤秀俊＋多田道太郎訳／鹿島出版会

パンツのみならずブラジャー・帽子・コルセットまで身につけたヒト。女がハイヒールを穿くのは、かつて男たちがカカトが上った羊や馬の代りに女を飼育しているせいだと、博物遊学の雄ルドフスキーは言う。

0405

加地正郎

人間・気象・病気

NHKブックス

人体にはサーカディアン・リズムがいやおうなく作用する。きっと過剰な照明や冷暖房が、この「人体の中の宇宙」をぶちこわすだろう。注目すべき〈生気象学〉の成果を紹介して、わが内外の「元気」と「病気」を探る入門書。

0406

田中泯＋松岡正剛

身体・気象・言語

工作舎プラネタリー・ブックス

ハイパーダンサー田中泯と僕の身体史はまるでちがう。体格も言語も表情も趣味もちがう。それでも二人は同じ気象に掘り刻まれた同一のバイブレーションの中にいる。身体言語の洪水から言語身体への飛躍を堪能されたい。

ありえぬ技術に身を賭す者は、ありうる知識と技術を
不断に検証しようとしている者である。——深海ウナギやクラゲの如き鉱物仙人

0407

アレクサンダー・ローウェン
引き裂かれた心と体
池見酉次郎＋新里里春ほか訳／創元社

「身体の背信」を原題とする本書は、バイオエナジェティクスの立場から「体に働きかけて心を動かす」を主張する。自分が一貫していないとおもう人、自暴自棄の傾向がある人、そのことが書いてありますよ。

0408

岩井寛
境界線の美学
造形社

われわれの意識にはさまざまなスレッシュホールド（閾値）がひそむ。その境界線をまたぎすぎると「狂気」のレッテルが貼られる。だが狂気なんてあるのだろうか。精神医学と芸術の境界線を追求する著者の快心作。

0409

エドワード・ホール
かくれた次元
日高敏隆＋佐藤信行訳／みすず書房

オックスフォード辞典の実に二〇％を「空間」に関する言葉が占めている。それほどにヒトは未知の空間に対して動詞的であろうとしてきたわけだ。「プロクセミックス」（知覚文化距離）という新空間知覚現象学が提案される。

0410

藤岡喜愛
イメージと人間
NHKブックス

0411

井尻正二
人と文明
築地書館

0412

ロワイヨーモン人間科学研究センター 編集
基礎人間学[上・下]
荒川幾男ほか訳／平凡社

よく「人となり」と言う。その「なり」の全貌にイメージの精神人類学がひそむ。最も遊学的に人類学を内側から脱出する著者が、イメージの形成システムを闊達に説いた毎日出版文化賞受賞の一作。

1―ヒトの解剖、2―人体の矛盾、3―文明のなかの未開、の三分冊が一箱に入っている。これだけあれば大学で習う必要はない。体内見学、体表めぐりにはじまり、神をつくったヒトの意図まで辿れる仕掛けだ。

ヒトは何によって霊長化しえたのか。その多様性はもはや統合不可能なのか。これは結局、信号はどのようにして記号になったのかに答えることだ。厖大な研究報告のうちのせめて二、三を拾い読みしてみるべき本だろう。

今後は、眼も音を聴くための道具にした方がよいのではないだろうか。
光の問題はそれからでも遅くない。――写真のなかの量子雑音

0413★

エルンスト・マッハ

感覚の分析

須藤吾之助＋廣松渉訳／法政大学出版局

僕はこの本を少くとも二〇〇人に勧めたとおもう。生理学と物理学がこの本で初めてつながったとおもえるからだ。アインシュタインに最大の影響を与えたマッハが反形而上学を旗印に説いた知覚物理学の革命。

0414

カール・H・プリブラム

脳の言語

須田勇監訳／誠信書房

大脳生理学と神経心理学の専門書。専門書ではあるが、いまのところこれ一冊のみが大脳機能をホログラフィ理論と結びつけ、さらに〝フィジカルな言霊〟の正体に言及しようとしているので、あえて挿入した。

0415

ワイルダー・ペンフィールド

脳と心の正体

塚田裕三＋山河宏訳／文化放送開発センター出版会

世界で一番ヒトの脳を手術し解剖した脳外科の権威が「心の正体は脳はおろか体の中にさえないのではないか」と言いきった記念すべき予言医学の書。このような勇気ある発言との出逢いが読書の苦労を癒す。

0416

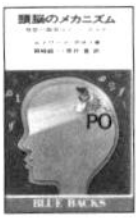

エドワード・デボノ

頭脳のメカニズム

箱崎総一+青井寛訳/講談社ブルーバックス

0417

柴谷篤弘+藤岡喜愛

分子から精神へ

朝日出版社

0418

ロバート・E・オーンスタイン

意識の心理

北村晴朗+加藤孝義訳/産業能率大学出版部

情報処理のためのシステム工学の側から大脳作用を整理したたいそう便利なテクスト。〝頭の体操〟などという類の本を十冊買いこむなら、これ一冊で充分である。例の「水平思考」の提案者を馬鹿にしないほうがよい。

もともとは生物科学と精神人類学の第一級科学者が、むしろとらえどころのない「生体の中のイメージの原基」を求めてあれこれ雑談した。その雑談の隙間こそ「自分」を知る手がかりになる。気楽な本だ。

バイオフィードバックの実験成果を踏まえつつ、ヨーガ・禅・スーフィズムなどの秘教心理学の伝統を解剖しようというカリフォルニアで大流行した本。とてもうまくエディトリアルされているテクストだ。

0419

セオドア・ローザク
意識の進化と神秘主義
志村正雄訳／紀伊國屋書店

水瓶座生まれ、あるいはその近辺にいる人はゼッタイ必読の、近未来情報のすばらしく豊かな神秘的カウンター・カルチャー論だ。退屈しない。本書はノーマン・ブラウン『エロスとタナトス』と好一対をなす。

0420

チャン・デュク・タオ
言語と意識の起源
花崎皋平訳／岩波現代選書

ベトナムのマルクス主義人類学者タオがヒトの進化を追いつつ言語の誕生の局面に迫ろうとした。数あるマルクス学系の認識発生論としてはよくまとまっている。第Ⅲ部「エディプス危機」が女性論になっていて出色だ。

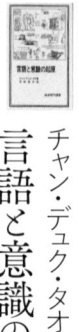

0421

吉本隆明
心的現象論序説
北洋社

『言語にとって美とは何か』の主題をさらに心像の発生の探究にまでもちこんだやたらに丹念な推理の一書。フロイトやヤスパースの解説書などを読まずに、この一冊で通過してしまうのが賢明だ。吉本の消化力に学べる。

0422

市川浩
精神としての身体
勁草書房

0423

野口三千三
原初生命体としての人間
三笠書房

0424

ルネ・デュボス
健康という幻想
田多井吉之介訳／紀伊國屋書店

ヴァレリーやポンティよりももっと純正に精神身体をみつめたかった読者の渇きを癒す〝体の哲学〟の試みである。ここには思索の歪みや気どりを排した快適なオーソドキシーがちゃんと坐っている。では東洋は？

「自分とは自然の分身だ」ととらえる野口体操の提唱者による〝原身体現象論〟のためのエチュード。体液を主体とする考え方、発言寸前の原初情報重視の考え方に共鳴できる。体操では「にょろ転」が抜群だ。

衛生神ヒュギエイアから治療神アスクレピオスの方へギリシャ神話の主題が移った以上に、二十世紀はアスピリン・エイジから健康幻想世代への空しい努力を続けている。無明（むみょう）を恐れる洞察者が贈る警世の一書。

われわれはつねに「或る中止しがたき事情」をもたなければならない。
——伝記王から電気王へ

0425

マリア=ガブリエル・ヴォジーン

神聖舞踏

市川雅訳／平凡社

ヒトは自分を見るために神さまをつくったのだろう。ならば、神との一体化こそ自分の最終了解なのだろうか。このような考え方から世界の民族はそれぞれのコズミック・ダンスを生みだした。その小気味よい集大成。

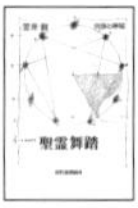

0426

笠井叡

聖霊舞踏

現代思潮社

いまシュタイナー神秘学に迫るこのダンサーには、一方で大きな「日本」が棲んでいる。東西の神秘に身を躍らせる笠井叡は、自分をよく知っている数少い日本人の一人だ。『天使論』に次ぐ第二エッセイ集。

0427

ルネ・デュボス

内なる神

長野敬＋新村明美訳／蒼樹書房

わが内なる魔と内なる神、アルカディア的生活とファウスト的文明……。陰陽二気の黄昏からは逃れるすべはなさそうだ。ではどうするか。インスピレーションを取り戻すのだ。第五章「場所・人・国家」が俄然おもしろい。

0428★

松岡正剛
存在から存在学へ
工作舎プラネタリー・ブックス

0429

ノヴァーリス
ノヴァーリス全集 2
飯田安＋深田甫ほか訳／牧神社

これは工作舎スタッフのために設けた「遊学する土曜日」で話した内容そのままの存在学をめぐる講義。身近な友人たちを前に必死に知恵をしぼったものなので、かえって実用性が高いのではないかとおもう。ホワイトヘッドに始まる。

鉱物浪漫の純朴者ノヴァーリスの日記を読んでもらいたくてどうしても入れた。国木田独歩やカフカの日記もいいが、ノヴァーリスにはアドレッサンスと闘う直情がよく刻まれている。僕は一年に一度は目を通してきた。

05——読書は見るものかもしれない

見る読書に
ふさわしい本がある。
必ずしも写真や
図版が多ければ
よいというものではない。
その一冊で「見ること」が
加速する、そういう本だ。
だからここでは
「読む"見る本"」も
加えておいた。

0501

ハーバート・リード
イコンとイデア
宇佐美英治訳／みすず書房

0502

エルヴィン・パノフスキー
ルネサンスの春
中森義宗＋清水忠訳／思索社

0503

ロジェ・カイヨワ
幻想のさなかに
三好郁朗訳／法政大学出版局

この本と次の二冊は「読む〝見る本〟」の基本形を示している。まず『イコンとイデア』は、古い美術の衣をひっぺがし、精神のトーテムとしての美の座標を確立した画期の本。x軸にイコン、y軸がイデア。

ルネッサンスを人文主義とも呼ぶが、人文とは古代中国では、文身（刺青）のことだった。美の解明も、結局、カンバスに文身されたイコノロジーの粗型に出逢うところに行き着くはずである。図版資料も多い精密な一書だ。

大遊学者カイヨワの幻想絵画論。たとえばキルヒャーの〈ノアの方舟〉、リュミネーの〈ジュミエージュの苦刑者〉、ベルニーニ〈煉獄の寓意〉を目に浮かべられる悦楽も、〝見る読書〟の一隅から想像力が動き出す。

結論の知れている複雑多岐な謎解きこそ、
「方法の魂」の喚起にはもってこいないのだ。——方法の魂を喚起させる方法

0504

マックス・エルンスト
百頭女
巖谷國士訳／河出書房新社

0505
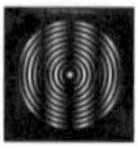

R・L・ウィリアムス編集
68人の写真家
金丸重嶺訳／タイムライフ社

0506

マン・レイ
マン・レイ写真集
朝日新聞社

帽子をもったキリストのようなおじさんがネズミの生物実験装置をつまむ絵があって「ロプロプと小鼠のホロスコープ」のキャプション。これはエルンスト畢生のとんでもない絵本なのだ。あの猿はもしやカトリック教徒では？

デラモットの水晶宮、フリスのエジプト、ビッソン兄弟のアルプス、オサリバンの南北戦争、カメロンの女、エマーソンの自然主義、H・ホワイトのムード、スティーグリッツの食卓……。写真が目に浮かびますか。

マン・レイのどこがいいって言って、「出現の実験」ということをこんなに知っているヴィジュアライザーはいないではないか。彼が日本にいたのなら、きっと「気配の輪郭」すらをも写真にしてしまったにちがいない。

0507

オットー・シュテルツァー
写真と芸術
福井信雄ほか訳／フィルムアート社

0508

ハンス・リヒター
ダダ——芸術と反芸術
針生一郎訳／美術出版社

0509

パウル・クレー
造形思考［上・下］
土方定一＋菊盛英夫ほか訳／新潮社

写真は「見る科学」だった。それは測定だった。それがどうして芸術にまで行き着いてしまったのか。著者は未発表のエピソードを交えて「見る科学の芸術化」の歴史をつぶさに点検する。凡百の写真論よりこの一冊。

この本で一九一〇年代が丸見えになる。まるで一冊のステーションだ。ここから表現主義、未来派、構成主義、ポップ・アートその他みんな乗り換える。それぞれの流派は画集で見られたい。まず、ダダだ。

クレーの線にはフラジリティがある。ベン・シャーンもスタインバーグもクレーの裡にある。バウハウス講師でもあったクレーが眼の思考を総集してイメージ・コスモスを編んだ。続篇に『無限の造形』がある。

0510

エミール・ベルナール編集

ゴッホの手紙［上・中・下］

硲伊之助訳／岩波文庫

0511★

富岡鉄斎

現代日本美術全集1

小尾信哉＋山高昭訳／早川書房

0512

内藤湖南

支那絵画史

内藤湖南全集13

筑摩書房

背中に画布を背負った移動美術者ゴッホの文章は、僕に最初に「見ること」を教えた先生だ。「麦畑や糸杉を傍らで見る価値があるかどうかを考える以外は、何もできない」とは、なんと強靭な雌伏感であることだ！

ゴッホもすさまじいが鉄斎もものすごい。二人はまったくの同時代人である。たとえば〈教祖渡海図〉の渦巻はゴッホの渦巻に通じる。鉄斎を見ないで美術もポップもありえまい。ところで鉄斎はロンパリだよ。

二〇〇点ほどの収録図を眺めてほしい。湖南の精選した中国水墨画の枠に驚嘆するだろう。そのうえで気がついた個所を読み、さらに暇な折に通読する。水墨画概論については矢代幸雄の岩波新書あたりか。

0513

米澤嘉園＋鶴田武良

八大山人・揚州八怪

水墨美術大系11

講談社

明末の八大山人、石濤、揚州八怪らの天才画家にはすべてタオイストの風情がある。鉄斎の原郷だ。本画集では花卉雑画の文人画として分類解説されているが、そこにこだわらず一休さんのように眼を太らしたい。

0514

真田但馬＋宇野雪村

中国書道史［上・下］

木耳社

木耳社は書の本を多く出す。良書が多いが、初の本格的通史としてこの上下本を挙げてみた。代表的図版もほぼ網羅されている。われらみな「書の民族」であったことから「視界的身体」を問い直したい。

0515

岡崎譲治 編集

浄土教画

日本の美術12

至文堂

東大寺戒壇院の補陀落山曼荼羅図や知恩院の阿弥陀二十五菩薩来迎図を初めて見たとき、僕は「新しいものにめぐりあえた」と合点した。少年の頃、仏壇の中に光っていたものがやっと広大に了解されたのだ。

0516

佐和隆研 編集

仏像図典

吉川弘文館

0517

内藤正敏

出羽三山

新人物往来社

0518

NHK取材班 編集

写真集シルクロード 1・2・3

日本放送出版協会

本当はもっとすばらしい図典ができてもよいのだが、いまのところこれが一番便利なハンドブック。解説は儀軌に沿っているからやや硬い。それでも一年中めくっていても倦きないのが仏像というものがもつ官能の魔性だ。

内藤正敏は最もラディカルな写真家だ。内藤正敏は最も民俗学に精通する写真家だ。内藤正敏はストロボを荒縄で腰にしばりつけて撮る写真家だ。内藤正敏は滝行を辞さない修行者だ。内藤正敏を僕は信じる。

ブラウン管で見た敦煌の〈西方浄土変〉や〈観無量寿変相図〉などをページの上で喰い入っていると、僕はつくづく写真とカラー印刷の力を過信したくなってくる。それはそれとして次はステップ・ロードだろう。

0519★

藤原新也
西蔵放浪
朝日新聞社

第一弾の『藤原新也印度拾年』もこれも、彼の撮るもの綴るもの、断固たる決断が感じられて最高だ。ふと、二〇・八世紀の写真機をもったランボオをおもうことがある。言いたいことがあるから撮れるのだ。

0520

杉浦康平＋富山治夫
京劇
平凡社

富山治夫の撮った京劇の舞台と衣裳を杉浦康平が神仙の奥を覗くようにしてエディトリアル・デザインにした魔術的視像の本。一ページ一ページが向う側に向けてそそり立つようにデザインできる秘密は何か。

0521

イスラーム美術
大系世界の美術8
学習研究社

この全集ではやはりイスラームをとらえた展開が圧巻である。寺塔と壁画が中心であるが、できればイスラミック・カリグラフィの壮観も編集したかった。いま、イスラームを知ることに「見者の質」がある。

写真機とは「未了の完了」でなければならず、映写ならびに印画のプロセスはもはや「環境への涌出」にさしかかっているとみるべきであったのだ。──わがラテルナ・マギカ・ショー

0522

奈良原一高
王国
朝日ソノラマ

奈良原一高の写真を一言にすれば「美学」だろう。だが、それは歴史の中の美学ではない。未来の方へ引っぱった「精神化された美学」だ。処女写真集『王国』にはそんなSF的肺臓がとらえたような眼が潜む。

0523

矢島稔
小さな知恵者たち
朝日ソノラマ

写真も印刷も上出来ではないが、ここには人の胸をときめかせる「真相」が提示されている。昆虫たちの決定的瞬間をシャッターの音さえ消したい気持で撮るのだろう。とくに僕は擬態のカラー写真が胸に来た。

0524

デズモンド・モリス
マン・ウォッチング
藤田統訳／小学館

「人が見ているのを見ることはできるが、聞いているのを聞くことはできない」とデュシャンが言ったが、その「見ることを見る」というテーマにこれほどアクチュアルに迫った本は、やはりモリスが初めてだった。

0525

リチャード・L・グレゴリー
インテリジェント・アイ
金子隆芳訳／みすず書房

ヒトの見方にはハード・アイとソフト・アイがあるが、これは徹底したハード・アイに関するやや科学的な本。僕がこの本が好きなのは「知性は科学であって文学ではない」という視野が生きているところだ。

0526★

杉浦康平＋松岡正剛
ヴィジュアル・コミュニケーション
世界のグラフィックデザイン1
講談社

杉浦さんが収集し編成した図像に僕が枠組解説をつけた怖るべきハイパー・イコノグラフィ集である。いまだ正面きってこの一冊に反応できた人はいない。文章はともかくも、その圧倒的構成に着目してほしい。

0527

鷲巣繁男
イコンの在る世界
国文社

この本も畏怖すべき結晶だ。聖なるものへ聖なるもののように近接する作業は他者の眼を超えた。「聖なるものとは絶対に絶たれているものである」とする著者がギリシャ＝ロシア正教のイコンを再聖化する。

デザインの本質は、人間と自然の関係が詰まっている箱のふたを、
おもいがけない場所から開くところにある。――杉浦康平抄論

0528

中森義宗＋衛藤駿＋永井信一

美術における右と左

中央大学出版部

0529

ヘルマン・ワイル

シンメトリー

遠山啓訳／紀伊國屋書店

日本でもやっとイコノロジーとフィジオノミーの武器が使われる美術書が出た。しかも本書は東西の美術における左右問題をのみ豊富に論じて他の追随を許さない。シンメトリーはまたフロンタリティの謎を解く。

最も信頼すべき数学的哲学者による対称性の美の幾何学。この分野は今後ますます注目を浴びるにちがいない。他にエッシャーの画集やギーディオンの『空間・時間・建築』。坂根厳夫『美の座標』なども見たい。

06——読書でジャパネスクに耽る

日本列島は**吹**きだまりだ。
だからこれを
ボーリングすることは
ゴムマリ**地球**を
東西文化の**一点**で
裏返すことになる。
そんなヘソとしての
日本を**岡倉天心**に
なったつもりで
読み**進**めたい。

0601

半村良
産霊山秘録
ハヤカワ文庫

0602

吉川英治
私本太平記 全8巻
講談社文庫

0603

山田風太郎
柳生忍法帖
角川文庫

ヒはエネルギーをあらわす日本の古代語である。ヒの男はヒコ、ヒの女はヒメ、そのヒの一族を想定して陰謀と波乱に満ちた伝奇小説が誕生した。後半はやや充実に欠けるがオカルト・ジャパネスクの味はいい。

国枝史郎『神洲纐纈城（しんしゅうこうけつじょう）』が絶版なので吉川英治『神州天馬侠』をと思ったが、それならやはり『私本太平記』だ。後醍醐天皇の南朝の反抗を描いて、日本人に棲む「善なる悪党」の血を騒がせる大長編である。

風太郎の明治開化ものと忍法ものは奇矯な倫理に満ちた傑作ぞろいだ。僕は全作品を読んできた。なかで一冊を選ぶのは至難だが、柳生十兵衛と「くの一」七人が復讐を遂げる江戸―会津が舞台の物語を入門におく。

0604

志茂田景樹
北辰の秘宝
徳間文庫

0605

松本清張
火の路［上・下］
文藝春秋

0606

諸星大二郎
暗黒神話
集英社

書き下ろしが刊行されるたびに買う。この本は旅先で読んだせいか、北斗七星の謎がやたらにリアルにおもえて熱くなった。ミステリー・ゾーン九州国東半島に天界を地上投影させた伝奇ロマン復権を希う作家の佳作。

古代日本にペルシャ文化が混入していたことは伊藤義教『ペルシャ文化渡来考』にも詳しい。しかし、誰もが手が出せなかった飛鳥の巨石の謎にまでペルシャの火影をもちこんだ小説は清張のこの一作だけだ。

こんなに仮説が複相した劇画もめずらしい。しかもかなり堪能させる。底辺にはスサノオ伝説があって、タテ糸に武内宿弥伝説とヤマトタケル譚が絡み、さらに密教的配色がしつらえてある。僕はいつか彼と組んでみたい。

未知の自然現象についての報告は個人の精神に与えられた権利であり、
芸術はたかだかこの権利の内側の産物であるのか。——8.28×10^18のアート

0607

黒岩重吾
天の川の太陽［上・下］
中央公論社

大海人皇子による古代最大の内乱・壬申の乱には、もともと人麻呂の戦跡の歌にみられる言霊ロマンと、天智・天武の間に立つ額田王らの恋愛ロマンが絡んでいた。黒岩重吾がこれを縦横無尽のサスペンスにした。

0608

林屋辰三郎
日本の古代文化
岩波書店

林屋さんによって日本文化史のエクリチュールがずいぶん変わった。たとえば「古墳は楯の文化である」、また「仏教隆盛は柱の文化である」。本書は杜（もり）と社（やしろ）の観念から平安都城までをひとくくりにした概論。

0609

和歌森太郎
陰謀の古代史
角川文庫

日本の古代正史は日本書紀と続日本紀が受けもっている。書紀は半ばが神話物語で、いつのまにか聖徳太子や馬子になる。それら「神話から古代史へ」を血風録ふうにドラマ仕立てに編年化した読みやすい文庫。歴史は陰謀です。

0610
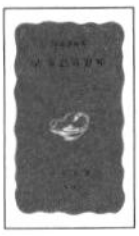

西郷信綱
古事記の世界
岩波新書

0611

大林太良＋伊藤清司ほか
シンポジウム「日本の神話」1・2・3・4・5
学生社

0612
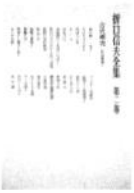

折口信夫
古代研究
折口信夫全集1・2・3
中央公論社

鈴木三重吉の『古事記物語』で気配を受けたら、「古事記」そのものに入る前にぜひこれを読む。「神話は環節的(セグメンタリー)同族社会の共同幻想だ」とする著者の手応えが快適な一般入門書。「古事記」は正と負のバランス型国家論なのだ。

猛烈にスリリングなシンポジウム全五冊だ。問題点もほぼカヴァーされている。随所に挿入されるコラムも、ミスラ神とサタノオオカミの同定など、うれしい情報が紹介されている。揃えておいてまず損がない。伊藤清司がいい。

『古代研究』は全集で三冊分。国文学篇と民俗学篇がある。何と言っても最高にタマフリされる一級品だ。まず民俗学篇の「妣が国へ・常世へ」と「古代生活の研究」が、読者をむしように魂の過去のアリバイへ引っぱる。

アリストテレスは死ぬまで「真空嫌悪」の裡にいたが、宮沢賢治は生涯「真空媒熔」の裡にいた。それは法華経の色でもある。――わが色色事典から

0613★

源豊宗
日本美術の流れ
思索社

0614

西田正好
日本美の系譜
創元社

0615

大岡信
うたげと孤心
集英社

アート・ジャパネスクの本は多いが、決定打はない。いま僕がつくっている全集が半決定打くらいになるか。そんな中で、長老の源豊宗が語り下した本書は、日本美の「あはれ」と「あっぱれ」を存分に蘇生させる。

急逝した西田さんには好著が多かった。本書を筆頭に『乱世の精神史』『花鳥風月のこころ』『一休』『神と仏の対話』『無常観の系譜』など、知られざるジャパネスクが次々に俎上にのぼった。日本の謎は日本美の謎だ。

『抒情の批判』『紀貫之』を経てここに来た大岡信こそ「とらえどころのない日本」にメスをふるうにふさわしい人だった。とてもおもいつけない観点がわんさと隠し込まれている王朝文化の本質追求の書。

0616

唐木順三
中世の文学
筑摩叢書

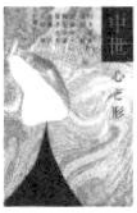

0617

村井康彦＋守屋毅ほか
中世　心と形
講談社

0618★

岡倉天心
茶の本
講談社文庫

スキは数奇であって「透く」または「漉く」であって、やがてスサビに流れ合わさる感覚である。スサビは「遊」の観念だ。そのスサビから例のサビが出る。長明・兼好・世阿弥・一休・芭蕉を説いて名著の風評が高い。

唐木順三が中世の観念工事なら、これは中世遊芸の概念工事。会所（かいしょ）と雑談（ぞうだん）を旨として茶や花をメディアに一期一会をはかった中世あるいは乱世人の趣好が巧みに取沙汰されている。宮本常一その他との座談集。

そこいらにある茶道の本ではない。かつて日本人が綴りえた最高級のイメージ・コスモスの本である。岡倉天心その人が日本人の理想そのものだったから綴れたのか。禅と道教を結んだ観点も、この本以外にはない。

美術・音楽その他のアルスの総勢をもってしても、一本の釘、一本のシャープペンシルの精神幾何学に太刀打ちできないということだってありうる。——器用の夢・山師の記憶

0619

林屋辰三郎ほか 解説

古代中世芸術論

岩波書店

「教訓抄」から「等伯画説」までの十五篇を原文訳註付で収録。原文が苦手なら巻末の解題と解説だけでも価値がある。なかで『花伝書』がやはり畏怖の一書。僕は文庫版をいつも枕元においている。あれは歴史存在学だ。

0620

野上弥生子

秀吉と利休

新潮文庫

快作だ。桃山時代は今後の焦点になる枢要な時代。ここが解ければ日本がおもしろい。その桃山の対照的な二人をギリシア悲劇に強い作家がとらえた。あわせて林屋辰三郎『天下一統』(中公日本の歴史)が桃山をあぶる。

0621

小島政二郎

葛飾北斎

旺文社文庫

北斎を語るに奇人・写楽を配して、小島政二郎得意の芸談にふくらみとミステリーをもたせた絶品。とくに狩野派を捨てて江戸はずれの「くずれた女」の線をとりこむあたりから巧妙な佳境に入る。映画化をしてほしい。

0622

森本和夫 編集
風狂
一休・芭蕉・源内ほか
現代思潮社

0623

石川桂郎
俳人風狂列伝
角川選書

0624

水尾比呂志
デザイナー誕生
美術出版社

西行・長明・一休・丈山・芭蕉・源内・良寛の古典から無想庵・百閒・足穂までを収録した好エディトリアル・アンソロジー。まず何よりも一休の『狂雲集』に一目通してほしいところだ。巻末解説も読ませる。

他人の喀血を痰壷から飲んで患者をよそおう高橋鏡太郎や行乞の種田山頭火から静寂の音をつかむ「水枕ガバリと寒い海がある」や「蓑虫の蓑を引きずる音の夜」の西東三鬼まで、淡々と昭和の風狂が語られた。

室町期に阿弥と呼ばれる真の意味での芸能人がいた。一方、狩野派・土佐派などの御用達アーティストがいた。それらが交って永徳・織部・光悦・宗達・光琳・友禅・北斎・広重が出る。ポップ・ジャパネスク。

自然を知ろうとするか、さもなくば自然を知ろうとしないか——とどのつまり、われわれの「存在の特色」はほとんどこの両型に属している。——「別の仕事」との関係から

0625★

司馬遼太郎
空海の風景［上・下］
中公文庫

誰が手をつけるかとおもっていたら司馬さんだった。日本人の中で最も巨大な人物である空海が、ほとんど誰にも了解しやすくなった功績は尽大だ。角川の『生命の海・空海』も併読したい。いずれも必読。

0626

大森曹玄
書と禅
春秋社

鉄舟会を主宰する当代随一の老師が『剣と禅』に次いで著した書禅一味あふれるエッセイ集。気合のこもる臨済禅の禅機と墨気が、まさしく混沌開基の一点めざして文意から躍り出るおもいにかられよう。

0627★

鈴木大拙
日本的霊性
岩波文庫

正直に言って僕はこの本を読めたとはおもえない。「日本的」および「霊性的」ということが鎌倉期の思想背景を通して語られているのだが、ひたすら精気を浴びせられるのみで、いまだ読了感がない。絶品。

0628

白洲正子

十一面観音巡礼

新潮社

チベットの憤怒尊とは対照的に日本の十一面観音は慈顔なのである。聖林寺・法華寺などの高名な観音から円空仏まで白洲さんの眼が射抜く。名文だ。僕には白山紀行の文章がたまらなくみずみずしかった。

では、われわれは「約束の地」を願望していないのか。東洋は「イスラエルの歩み」に匹肩する「地の歩み」をもっていないのか。――わが「約束の地」は座蒲団の上にあり

07——読書が生命と宇宙の謎をとく

一個の**遊星**、
それ**自体**が**生命**と
宇宙の**謎**をかかえてまわる。
その**海**の**一隅**に
パスツールが
「**光学異性体**の**妙**」と
呼んだわれらが
原形が**誕生**する。
最もスリリングな**読書**を
約束する、この**謎**に
向うための**38冊**。

0701★

渡辺慧
生命と自由
岩波新書

時間の物理学者として有名な著者が、ものとしての生命とことしての生命の謎を、宗教・哲学および物理学と化学を援助してまことにていねいに説いた。後半の逆因果過程とエントロピー物質のヒントも大きい。

0702

エルヴィン・シュレーディンガー
生命とは何か
岡小天＋鎮目恭夫訳／岩波新書

有名な「生命は負のエントロピーを食べて生きている」のテーゼが繰り広げられる。生命はいったい秩序を求めているのか無秩序を求めているのかという大問題だ。シュレーディンガーは波動量子力学の大立者。

0703

アーネスト・ボレク
生命と原子の謎
市場泰男訳／社会思想社教養文庫

一九四五年の原爆以来、ヒトは実験用モルモットになった。こんな書き出しがやがて、生命の素材としての酵素やビタミンさらには原材料のタンパク質の話に進み、ありありと生化学の全貌をあかしていくことになる。

われわれはたったひとつの地球のことを知るためなら
思索に耽けることはない。——宇宙人のための仏教物理学

0704

岡田節人

細胞の社会

講談社ブルーバックス

生命は有機体である。その有機体の最小単位に細胞がある。これ以上単位を分割すると、分子や原子が出てきて生命かどうかがあやしくなってくる。ウォディントンに学んだ筆者が軽妙にも細胞有機体の可能性を探る。

0705

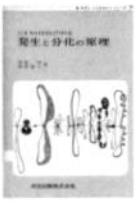

コンラッド・ハル・ウォディントン

発生と分化の原理

岡田瑛＋岡田節人訳／共立出版社

多様なオーガニズムに向う生物の器官発生の妙は「あたかも前から決まっていたようにその場で決まる」にある。還元主義を排したエピジェネティックな叙述と、「カナリゼーション」などのキイ・コンセプトの駆使がみずみずしい。

0706

フォン・ベルタランフィ

生命

長野敬＋飯島衛訳／みすず書房

ウィルスは「生きた有機体」と「死んだ自己触媒」との間をさまよう。生命の定義は難渋をきわめる。ひとつの答えは「物質交代する無周期性結晶」ということだ。理論生物学の確立者の堂々たる生命システム論。

0707

ジョージ・G・シンプソン
進化の意味
平沢一夫＋鈴木邦雄訳／草思社

鉱物派の著者が地質年代から生命進化の過程を追い、進化が人類の性質や倫理動物としての機能に何をもたらしたのかを証す。生命の栄枯盛衰が目の奥に焼付いたら、いつかラマルクやダーウィンの細部を読みたい。

0708

今西錦司
私の進化論
思索社

ダーウィンを源流とする正統派進化論に対し、「棲みわけ理論」を軸に反逆をつづける著者の論拠を告げる一書。そこには「主体性の進化」という世を沸かすに足る仮説が生きている。いったい学問の一徹とは何だろうか。

0709

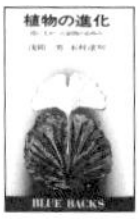

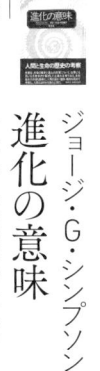

浅間一男＋木村達明
植物の進化
講談社ブルーバックス

植物は昼と夜で呼吸を交代させる。そこからみれば動物はカタワレだ。進化を植物の側から解く試みはまだ少ない。気象変化に進化の主因をおいて地上の景観のダイナミックな歴史を素述する。全植物よ蘇れ。

受精卵とはあきらかに一個の小宇宙であり、生物学が全学問に誇りうる
正真正銘の「場所」でもあろう。——エピジェネティク·ランドスケープ

0710

橋田邦彦
生体の全機性
協同医書出版社

生命組織の直観者として、西がウォディントンなら東は橋田邦彦だ。物理学を支配する因果性に対して、橋田が生命原理とした「全機性」の概念を体得すれば読了だ。次は『日本の科学精神・4』（工作舎）へ進む。

0711

コンラート・ローレンツ
ソロモンの指輪
日高敏隆訳／早川書房

比較行動学の創始者が老カラスや赤ん坊のハイイロガンとの共同生活を通して生命動向のキイをさぐる。やがてローレンツは『攻撃・悪の自然誌』（みすず）で生命動向の不可解な部分にも取組むことになる。名著中の名著。

0712

浦本昌紀＋奥井一満ほか
無名のものたちの世界
Ⅰ・Ⅱ
思索社

昆虫・爬虫類から霊長類までさまざまな動物を対象に、日本の第一級学者たちがアノニマスな動物たちのアリバイを弁護した。「いつもの仕草」の中に「行動の典型」を追求する眼を向ける姿勢が一貫する。

0713

リチネツキー

おもしろい生物工学

金子不二夫訳／東京図書

0714

モーリス・メーテルリンク

蜜蜂の生活

山下知夫＋橋本綱訳／工作舎

0715

平田森三

キリンのまだら

中公自然選書

八〇キロの遠方から火事の現場に急行するツメアカナガヒラタタマムシを使えば、きっと遠隔式化学火災報知器がつくれる、といったバイオニクス（生物工学）の、一見荒唐無稽な真剣がなかなかスリリングなのだ。

『青い鳥』の博物神秘学者メーテルリンクがミツバチを通して「個の持続の無意味」を訴える。「巣の精神」はすなわち宇宙精神の原型なのである。ミツバチの徹底的な観察から哲学が抽出されていく。ファーブルからメーテルリンク。

寺田寅彦の『自然界の縞模様』を受けてガラスの割れ目、電気火花、体表まだら模様などの「割れ目学」を推進した著者の、科学的愉快あふれる名著。デタラメ現象にこそ本来の科学の芳香がこもる。

動物にとってイメージはパターンである。
われわれがわざわざパターンをイメージとすることはない。——イメージ・ランドリー

0716

ダーシー・トムソン

生物のかたち

東京大学出版会

僕が『相似律』をエディトリアルした時、ヘッケルやユクスキュルやトムソンの本が眼の奥にあった。これは〝デザインの生物学〟の第一歩を記した勇気ある本だ。第六章「らせん構造」が物質と生命をかたちでつなぐ。

0717

ジャック・モノー

偶然と必然

渡辺格＋村上光彦訳／みすず書房

われわれは偶然によってここまで来たのか、また必然があるのならこれからどうなるのか。暗い未来を予告して読書界に話題をまいた分子生物学者の生命論。僕はモノーの見解には疑問があるのだが、まあ御一読を。

0718

アレクサンドル・イヴァノヴィッチ・オパーリン

物質・生命・理性

石本真訳／岩波現代選書

生命の起源について大胆だったのはまずパスツール、ついでオパーリンだった。彼の最初の仮説ではコアセルベート、次にプロビオントという生命物質が誕生する。これらはエントロピー増大を克服する理性的物質だ。

0719

アイアン・リドパス

宇宙の知的生物［上・下］

吉野博高訳／徳間書店

0720

フレッド・ホイル

天文学の最前線

鈴木敬信訳／法政大学出版局

0721

T・ページ 編集

超銀河宇宙の天文学

服部昭＋村山信彦訳／白揚社

さて、宇宙の謎への入り方はいろいろあるが、手がかりとして異生物の話題からとりかかるのはどうか。ミラーの放電実験やダイソンの天球構想など、話題に富むサイエンス・アドヴェンチャーでちょっと知性を鍛えたい。

「人間が進歩しているあかしは宇宙の組織に心を注ぎこんでいることだ」にはじまるイントロから末尾の有名な定常宇宙論の提唱までほぼ天文学の全域を、しかも遊学的にドライヴしている。僕はこの本で変った。

世界一の天文誌*SKY & TELESCOPE*のトップ・エッセイを集めた。やや専門的だが、電波による超銀河宇宙像を探険するにはこのくらいをこなすべきだ。電波天文学入門には森本雅樹の『電波でみた宇宙』がいい。

0722

スティーヴン・ワインバーグ

宇宙創成　はじめの三分間

小尾信弥訳／ダイヤモンド社

ワインバーグ＝サラムの理論の素粒子物理学の俊才が、ビッグ・バン理論とクォーク理論の合体系で〝宇宙創世紀〟を再現した注目の本だった。今日の宇宙は最初の三分間でほぼできあがっていた、という驚くべき結論。

0723

ルイ・ド・ブロイ

物質と光

河野与一訳／岩波文庫

「月・水・金が粒子で、火・木・土が波動だ」と言われる量子像に、大胆にも「物質波」というシンセサイズ概念を導入したド・ブロイの一般者用の革命的名著だ。十年前に古本で読んで眼が洗われた。

0724★

湯川秀樹＋片山泰久ほか

素粒子

岩波新書

第3章の湯川秀樹担当分が、場合によっては人生観をすら変えてしまうだろう。素粒子にはハンカチがたためるくらいの隙間があるというユカワ素領域理論こそ、僕の場所の観念を支えてきた。すばらしい一冊だ。

0725★

ヴェルナー・ハイゼンベルク
部分と全体
山崎和夫訳／みすず書房

稲垣足穂が本書をまるまる写して死んでいった。なぜ、そうしたのか。アインシュタインやパウリらの一九三〇年代のピークを飾る物理学者との対話を執擁に再現した本書を綴ったハイゼンベルクも、この本を最後に死ぬ。

0726

物質と運動
原色現代科学大事典8
学習研究社

科学事典ではこのシリーズが一番よくできている。全一〇巻の中では本巻が一番いい。空間とは物質のつまりぐあいのこと、運動はすでに物質の中からはじまっていることなど、全基礎知識は、この一冊が用意する。

0727

アレクサンドル・A・フリードマン
空間と時間としての世界
高柳明夫＋谷川清隆訳／東京図書

空間と時間はつながっている。それは重力場という恰好をとる。ミンコフスキー光円錐理論とともに双璧をなすフリードマン宇宙幾何学は、そのまま相対論的宇宙の枠組をつくる。世界は四次元時空連続体なのである。

「諸君、わかっていることはわかっていることだ。わざわざ観測してみるまでもなかろう。見ようとすればわからなくなることもある！」――シュレディンガーの猫は生きている

0728

マックス・ボルン
アインシュタインの相対性理論
林一訳／東京図書

0729

ペーター・ベルグマン
重力の謎
谷川安孝訳／講談社ブルーバックス

0730

ヘルマン・ワイル
数学と自然科学の哲学
菅原正夫＋下村寅太郎ほか訳／岩波書店

相対性理論には光と運動に関する特殊理論と、重力と宇宙に関する一般理論がある。だから一般相対性理論は「重力の幾何学」でもある。二十世紀最大の天才的理論がボルン流に解読されていく。

宇宙空間には曲率が働いている。光の動きもままならぬシュバルツシルド半径とよばれる「事件の地平線」もある。なにもかもが重力のせいだ。相対性理論の深味を衝いてこれほど明快に読ませる本はなかなかない。

わが青春期のバイブルだった。第Ⅰ部数学篇では「合同と相似・左と右」が、第Ⅱ部自然科学篇では「物理学的世界像」に耽溺した。また付録の「物理学と生物学」はいま読んでも大遊学のエキスがこもる。

0731

アルフレッド・N・ホワイトヘッド

自然認識の諸原理

藤川吉美訳／東京図書

0732

パーシー・W・ブリッジマン

熱とエントロピー

村田良夫訳／東京図書

0733

伏見康治＋村上陽一郎ほか

時間とは何か

中央公論社

かなり難解な本だが、怖るべき方法の魂に満ちた8章「延長的抽象化の方法」と、18章「リズム」は他の類書では絶対にお目にかかれない考察に出逢えるので、克服されたい。ワイルとともにわがバイブルだった。

いまやSFでも大モテのエントロピーという熱力学概念はいわば「でたらめさ」ということ。八〇歳で自殺したノーベル賞物理学者がエントロピー解明に賭けた霊力が伝わってくる強烈な解説書。へとへとになる。

渡辺慧『時間と人間』（中央公論）、ウィットロウ『時間その性質』（文化放送）とともに読む。時間はエントロピーとはまた別の困難な問題をはらむミステリアスな概念だ。時間は物質だと思いますか。それとも仮想の尺度ですか。

宇宙は言葉と記号によるわれわれ自身の裡にひそむ何物かの再表現または記憶装置にすぎない。——タルホ＝セイゴオ・マニュアル

0734★

マーティン・ガードナー

自然界における左と右

坪井忠二＋小島弘訳／紀伊國屋書店

誰もが推挙する大切な一冊だ。「鏡は左右が反対になるのに上下はなぜひっくりかえらないのか」という話から物理学最大の難題であるパリティや反粒子の話題を、息もつかせず読ませる。著者は数学にめっぽう強い編集者。

0735

カール・セーガン

エデンの恐龍

長野敬訳／秀潤社

火星着陸したバイキング号のもつ情報は細菌よりやや多く、藻類よりかなり少ない。われわれは何を継承し何を運ぼうとしているのか。宇宙工学のリーダーが生命と脳と宇宙の情報問題に取り組んだ興味ある解説書。

0736

アーサー・ケストラー

機械の中の幽霊

日高敏隆＋長野敬訳／ぺりかん社

表題からは見当がつきにくいが、人類の進化史上の致命的欠陥を指摘しつつ生物科学を紹介し、さらに全体子ホロンという亜生命要素を提案して、新たな文明生物学に及ぶという壮大なプログラムのために綴られた奇書。

0737

ライアル・ワトソン
スーパーネイチュア
牧野賢治訳／蒼樹書房

0738

関英男
サイ科学の全貌
工作舎

何ごとも単独ではおこらない。これが生命と宇宙の原則だ。それなら何と何が関係しあうのか。月の出とジャガイモの芽の出とは関係がある。暴走族とアドレナリンも関係がある。自然と超自然の間にも関係がある。

日本エレクトロニクス学の主峰が超常現象の解明に姿勢を移すのを見ているのは感動的だ。『情報科学と五次元世界』に次いで一般読者向けの〝サイ科学のAからZまで〟が書き下ろされた。そろそろ超科学の時代がやってくる。

ここらで文学と電気の、いや電子・超電子と文学の主従関係を入れ替える時が到来しているのは眼に見えている。——電気は文学である

08——読書は大いなる遊戯である

本は暗いオモチャである、
とタルホが言い、
ボルヘスは
「本の構造よりも
宇宙は小さい」と言う。
たしかにすぐれた本は
倦きないブック・トイであって、
尽きないブック・コスモスだ。
そんな遊学図書。

0801

高橋康也
ノンセンス大全
晶文社

0802

種村季弘
ナンセンス詩人の肖像
筑摩書房

0803

柄井川柳
誹風柳多留
岩波文庫

ナンセンスからノンセンスへ過激な遊学を楽しむキャロリアン高橋康也が、各誌に綴ったエッセイをもう一度〃筆の鏡〃で裏返してしまった迷路のように明快な大論文集である。半プディングのダンプ・ティ。

ルイス・キャロルはどもりの少女誘拐者です。エドワード・リアは鼻をにくむ男で、モルゲンシュテルンは「鼻のボヘミアン」になりたかったようです。種村季弘は地球大の文法戦争を模型細工にする名人です。

江戸宝暦明和期の柄井川柳がよくしたから川柳と言う。もとは俳諧の前句付けから出た雑俳の一種だ。沓冠（くつかむり）、一字題、段々附、もじり附、歌仙附、源氏附など漬け物のように種類が多い。一度読むとやめられない。

しょせん言語による構造へのアプローチは、ピタゴラスとマハーヴィラ、すなわち数学と宗教のおまけ部分から始まっている。——不眠症文学者に送った手紙

0804

高田衛
八犬伝の世界
中公新書

馬琴の『南総里見八犬伝』は日本文芸史上最高の伝奇ロマンだ。八犬士の関東幻想大戦を経て里見ユートピア・コミュニティをつくる大構想には不可思議な多神教的シンクレティズムが秘められる。本書はその解明に挑んだ。

0805★

小栗虫太郎
黒死館殺人事件
社会思想社教養文庫

世界の全推理小説をこの一冊で打切ろうとしたかとおもわせるほどの偏執的大交響曲あるいは観念の大空中楼閣だ。いや、これこそ奇蹟なのかもしれない。僕が呼称「魔術的貴族主義」をおもいついた記念碑でもある。

0806

ロレンス・ダレル
アレキサンドリア・カルテット
高松雄一訳／河出書房新社

場所がある。場所がすべてだ。あとは複雑きわまりない虚構だ。「相対性原理による重層小説」とダレル自身が言うこの大長編は「全宇宙が親しげに僕をこづいたような気がした」という一行でポツンと終る。

0807

トマス・ピンチョン

V.

三宅卓＋広瀬英一ほか訳／国書刊行会

ここにはマニ教的陰謀者がわんさと登場してアメリカの縮図のようなワイルド・パーティをする。かれらは全病連加盟者だ。エントロピー概念を文学にもちこんだ正体不明のピンチョンのキキシニまさる代表作。

0808

ドナルド・バーセルミ

口に出せない習慣・奇妙な行為

山崎勉＋邦高忠二訳／サンリオSF文庫

精神の不断のサーカスがここに結集する。バーセルミはわがテーゼでもある「戦闘的断片性」を初めて文学にもちこんだ現代アメリカ作家。『月が見えるか』では月の敵意を研究している男が断片（ガラクタ）を壁に集める。

0809

フランシス・イエイツ

世界劇場

藤田実訳／晶文社

八〇歳のイエイツ女史に逢ってますますファンになった。ヴィトルヴィウスの建築記憶術を下敷に、ジョン・ディ、ロバート・フラッドらの観念技術渦巻くシェイクスピア時代の劇場の遊学的魔法を徘徊する不思議な本。

M―全部が平べったいね。／M―紙の上だもの！／M―これからどうなるの？／M―さあ、活字になるさ！――超文学入門

0810

ホルヘ・ルイス・ボルヘス
伝奇集
篠田一士訳／集英社

0811

レイモン・ルーセル
アフリカの印象
岡谷公二訳／白水社

0812

ブライアン・アッシュ編集
SF百科図鑑
山野浩一監訳／サンリオ

日本が滝沢馬琴ならアルゼンチンはボルヘスである。『円環の廃墟』『八岐の園』『記憶の人フネス』などの短編から、馬琴に共通する複雑きわまりない〝本歌取り〟を楽しまれたい。文学だって遊学なんだ。

これを読んで、ブルトン、デュシャン、コクトー、ジュネ、フーコーらが狂った。さもあろう。僕もちょっと説明がつかない。ただここにはすさまじい印象（イメージ）の乱舞とひとつの大きな「構造の裏切り」があるのがわかる。乞挑戦。

山野浩一が言うように、最も知的な作品もSFで最も低俗な小説もSFであるようなそんなSF世界、これをテーマ別に聖俗あわせ呑んで一巻の図鑑とした。どこから読んでも各種各様のビブリオ・ゲームが楽しめる。

0813
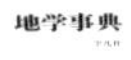

井尻正二ほか 監修
地学事典
平凡社

0814

ロラン・バルト
モードの体系
佐藤信夫訳／みすず書房

0815

ルートウィッヒ・ウィトゲンシュタイン
論理哲学論考
藤本隆志＋坂井秀寿訳／法政大学出版会

突然ここに地学事典が入っているのは理由がある。夥しい地学用語を次々に関連させながらページを繰ることが、極上のイメージのクリスタリゼーションをおこしてくれるからだ。この事典は百冊の物語を上回る超ＳＦだ。

一冊のモード雑誌から衣服のエクリチュールが開闢し、たちまち構造主義の悪魔が躍って読者を応用記号の悦楽に誘う。これは名うてのコノテーション・カレイドスコープだ。体系とは遊戯ルールをきびしくすることです。

いまや有名な二十世紀論理哲学のマニフェスト。第一行と最終行が対になっていて、その間を約六十の論理ステージが概念行軍よろしく前進する。欧米現代美術家のほとんどが本書を読んでいるというのも妙な話だよね。

ライプニッツの使う「神は」という主語は、彼の思想全貌の主語、象徴的には彼の書物自身の主語なのではなかろうか。――魂理学者ライプニッツの記述法

0816

大野晋＋浜西正人

類語新辞典

角川書店

この日本語シソーラス辞典は、特に・とりわけ・なかでも・殊に・わけても特有・独自・ユニークな、とても並み大抵な・一通りでない・世間並みでない・なみなみじゃないエディトリアルだった。本文構成に杉浦康平。

0817

赤瀬川原平＋田辺澄江ほか

遊学大全

工作舎

二年前、六十名ほどの青年青女と〈遊塾〉という私塾ふうワークショップを一年つづけた。これはその遊塾生が各々に対論者を選んで同一テーマを綴りあった遊学論文集。四〇曲一双の遊学屏風のような景観の本。

0818

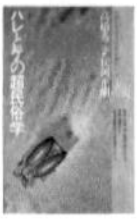

高橋秀元＋松岡正剛

ハレとケの超民俗学

工作舎プラネタリー・ブックス

東洋や古代日本の観念技術を語らせたら日本一の高橋秀元をメディアに、僕が自在に物理学やら民俗学を交差させて、民族の奥に眠るハレとケのサーカニュアル・リズムを浮彫りにするために、過密な一夜を過した本であります。

0819★
中野美代子
孫悟空の誕生
玉川大学出版部

0820
本田済
易［上・下］ 中国古典選1
朝日新聞社

0821
ノバート・ウィナー
サイバネティックス
池原止戈夫＋彌永昌吉ほか訳／岩波書店

一匹の孫悟空から百匹の東アジアに分布する求法ザルの物語を推理するに、中野美代子さんの如意棒こそがうってつけだった。「目連になったサル」や「猪八戒と北斗」など、僕は一夜一読の後、もう三度目だ。

易を占術とみるより『易経』の諸説をつれづれに読む立場を、ここでは賞揚したい。そうして読んでいけばおのずから気に入る易象が見えてくる。僕の場合はたとえば、需、豫、臨、観、萃、中孚、未済など。扇子に書きたい。

少し数学がわかるならサイバネティクスこそは遊戯読書に最適だろう。実用のためではない。制御に関する数式や文章を読み進むこと、つまり「戻ること」を前に進んで読むことがマニエリスティックなのだ。

私が感恵徇知（かんけいじゅんち）をおぼえるのは、一に物質現象、二に存在現象、三に図書現象である。――四文字概念工事

0822

岩成達也

マイクロ・コズモグラフィのための13の小実験

青土社

数学のわかる詩人に高内壮介と岩成達也がいる。その一人が綿密に綴った極微文体詩集。「柑橘類に関する古風な94行と½」とか「木製扉への中途半端な接近」といった染色体が自己記述するような詩が詰まる。

0823

磯崎新

建築の解体

美術出版社

一方では詳細な現代建築家論が、他方でまことに多義的なセマンティク・スペースが操られている。貴重な一書。エディトリアル・プランのノウハウを見事に示されたという感慨も深い。事態の計画はこうして進む。

0824

塚本邦雄

塚本邦雄歌集

白玉書房

水葬物語、装飾楽句、日本人霊歌、水銀伝説、緑色研究、感幻楽、星餐図、蒼鬱境、青帝集、眩暈祈禱書、銅曜集、黄冠集…。歌集表題だけでも目が眩む。本書は第五歌集まで。十冊目が『されど遊星』だ。

0825

松岡正剛 編集＋杉浦康平 造本

全宇宙誌

工作舎

本はエディトリアル・デザインによって様相はむろん構造や本質まで変わることがある。僕が企画した全宇宙雑誌構想を、杉浦さんが百倍も宇宙らしくつくってしまった。ともかく見てください。全頁真ッ黒の大冊だ。

雑音はどんな事態にもどんな事物にも必ずつきまとう原現象帯域である。
雑音のない大世界も小世界もありえない。――観念の複合運動

09——読書を荒俣宏にまかせてしまう

他人が読んだ本の
話を聞くのも
ひとつの読書だ。
僕のまわりは
僕が読むよりその人が
読んだ方がいいような
ザ・リーダーがいっぱい
集っている。
そのピークに立つ荒俣宏の
絶妙の39冊を
ここに紹介する。

0901

ノーマン・コーン
千年王国の追求
江河徹訳/紀伊國屋書店

0902

アッシモ・ボンテムペッリ
我が夢の女
岩崎純孝訳/河出書房

0903

出口ナオ
大本神諭
平凡社東洋文庫

ここに選出した本のセレクト基準は、ひとえに〈普遍〉、つまりすべてを語ろうとする大それた情熱に置いているのだが、この本も、西欧中世~ルネッサンスに荒れ狂ったキリスト教急進改革派の全貌をつく。

イタリア幻想文学といえば、カルヴィーノ、ランドルフィなどが出てくるが、しかしファシスト期のマイナー幻想作家ボンテムペッリを忘れてはいけない。未来派の夢同様、都会幻想の極みだ。

民衆による明治革命をになった大本教が生み出した、出口王仁三郎とならぶ決死的宗教者。出口ナオの口を通じてほとばしる日本アポカリプスの構想力は、おどろおどろしいだけに奇妙な迫力を伴う。

茶色の種がやがて緑色の葉や天然色の花になることを認めるならば、
事物や機械にも同様の感動を認めるべきである。——乾電池とボールペン

0904

神道集

巖貴志正造訳／平凡社東洋文庫

神仙習合の極致をみるような、中世の神社縁起に関する物語集である。首を斬られた母親の乳房に、無心にしゃぶりつく赤ん坊の物語を展開する熊野権現縁起、地底世界を行く甲賀三郎伝説などが秀逸。

0905

ハヴロック・エリス

夢の世界

藤島昌平訳／岩波文庫

十九世紀精神分析学のすべてがフロイトのみに帰せられるいわれはない。宿命論はなやかなりし当時にあって、精神生活の未決性に光を投じ、非ユダヤ的精神科学を呈示した性科学者エリスに祝福あれ！

0906

沈括

夢溪筆談

梅原郁訳／平凡社東洋文庫

全三巻におよぶ中国のアンシクロペデー。科学から美術、生活分野にいたる論述がすばらしい。易・魔鏡・音韻神秘学などの項目を読むうちに、ふしぎな興奮状態におちいる。十一世紀北宋時代の普遍書物だ。

0907

松浦静山
甲子夜話
平凡社東洋文庫

かつて中学時代に『随筆事典』の「奇談異聞篇」のなかで拾い読みして以来、今日まで一貫して魅惑されつづけている書物。怪談から世話話、見世物まで、江戸期の断面を活写する聞き書き文芸。

0908

後藤末雄
中国思想のフランス西漸
平凡社東洋文庫

最近めぐりあった本のなかでは最もスリリングな味わいを楽しめた本。キルヒャー、ド・ギーヌ、ヴォルテールなど、奇怪な中国学者のオンパレードには、まるで幻想小説を読むような味わいがある。

0909

トマス・ヘンリー・ハックスリ
自然における人間の位置
八杉龍一＋小野寺好之訳／日本評論社

キュヴィエの『動物界』をひもとくと、人間はオランウータンの前に記述されているが、古来、〈自然における人間の位置〉は生物哲学最大の課題であった。「ダーウィンの番犬」ハックスリ最高の著作である。

0910

平川祐弘
マッテオ・リッチ伝
平凡社東洋文庫

三巻もののマッテオ・リッチ伝だが、イエズス会士の中国伝道の模様や中国側の事情がよく分かり、実に楽しい読みものである。ここでの悪役は、むろん、ヤンセニストのブレーズ・パスカルである。

0911

プロティノスほか
世界の名著 続2
河野健二編／中央公論社

日本における新プラトン主義哲学の最もまとまった本。井筒俊彦が「最も神秘主義者らしい神秘主義者」と呼んだプロティノスのほか、ポルピュリオス、プロクロスの代表作が口語訳されている。

0912

ドニ・ド・ルージュモン
愛について
鈴木健郎＋川村克己訳／岩波書店

議論はあるものの、キリスト教と愛の神秘的性格をこれほど興味ぶかく描きとおした本は、他に類を見ない。中世騎士道と愛の問題の切り口も魅惑的。これはまさに、それ自体が〈魔書〉である。

0913

ロビン・G・コリングウッド
自然の観念
平林康之＋大沼忠弘訳／みすず書房

実証科学万能であった二十世紀初頭のイギリス学界で、ひとり形而上学の必然性を解きつづけたコリングウッドが、みずから自然哲学について論じた熱気あふれる作品。これを批判的に読むべきではない。

0914★

ロード・ダンセイニ
ダンセイニ幻想小説集
荒俣宏編訳／創土社

アイルランドの天才的な幻想小説家。おそらくダンセイニの奇想と描写力を上まわる作家は、神々の文学というコンテキストからは二度とふたたび現われまい。ファンタジー研究者のバイブルの一冊。

0915

ジュール・ヴェルヌ
海底二万里
花輪莞爾訳／創元推理文庫

ヴェルヌが創造したきわめつけのキャラクターであるネモ船長に対する興味もさることながら、日本をはじめ全海域の状況をさぐる目が面白い。できうれば、あがた森魚「ノオチラス艦長ネモ」を聞きつつ。

これは内緒の話ですが、作家という人種は
すべからく「なりそこねの宗教家」にちがいありません。――型録・薬用非文学

0916

ハーバート・ジョージ・ウェルズ

世界はこうなる

吉岡義二訳／新生社

ウェルズの場合、当然ながら『世界文化史大系』を選ぶべきだが、松岡さんがきっと採るはずなので、筆者はその近未来への続篇ともいうべき本書をあげる。この作品は訳者の執念で出版された。

0917

ドゥニ・ディドロ

ダランベールの夢

新村猛訳／岩波文庫

生物学幻想を盛りこんだあらゆる物語のなかのベスト。シェリー『フランケンシュタイン』さえ、時代の空気の反映という点では遠く及ばない。奇形学をめざすわれわれのための基本図書である。

0918

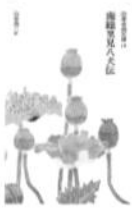

曲亭馬琴

南総里見八犬伝

河出書房新社

日本の誇る一大マニエリスム幻想文学。馬琴が「百年後にしてはじめて解かれる」と断言したごとく、八犬伝に組みこまれた陰陽・星辰・仏教的秘事はまだ解読されていない。自らをして読ましめぬ書だ。

0919

ジョン・ラスキン
近世画家論
御木本隆三訳／春秋社

あのターナーを発見したラスキンは、自然素朴論と経済学の結合による「自然の相対原理」を確立したという意味で、美学におけるアインシュタインであった。本書はその代表的美学書である。

0920

ヴォルテール
黒と白
森下辰夫訳／大翠書院

ミクロメガスをはじめとした幻想の諷刺小説を集めた本。ヴォルテールの毒舌のさわやかさもさることながら、ニーダム、モーペルチュイらの科学者が攻撃されるくだりに、幻想科学の絶好の材料がみつかる。

0921★

ボリス・ヴィアン
うたかたの日々
伊東守男訳／早川書房

現代人のための愛の一冊。これを読まずして、現代の恋愛小説を語れようか。この作品は同時にすぐれたファンタジーでもある。悲しみゆえのバカ騒ぎと、そのむなしさをみつめ切った傑作である。

総じてすぐれた写真は音を出しているものだ。——写真のなかの量子雑音

0922

紀田順一郎
現代人の読書
三一書房

書斎にいて書を読むという、旧来の求道的読書論から一歩ぬけでて、現代人の生活空間をいかに〝書斎〟化するかをはじめて呈示した本。電車内での読書テクニック紹介が、今もあざやかに記憶に残る。

0923

マーシャル・マクルーハン
人間拡張の原理
高儀進ほか訳／竹内書房新社

マンガ、映画、カタログなど、大衆文化を支えるメディアについてアプローチした刺激的な書物。かれが繰り返し主張するのは、内容よりもメディアそのものがメッセージなのだという「現代の黄金律」。

0924

ジョン・リゲット
人相・顔の人間学
山本明＋池村六郎訳／平凡社

ゲーテとも親交をむすんだことのある観相学者ラバーターと、人相学の奇妙な世界を描いた奇書のひとつ。こういう本の出版には、何をおいても絶対の支持を与えるべきであろう。

0925

安藤昌益

自然真営道

中央公論社

0926★

ガルシア＝マルケス

百年の孤独

鼓直訳／新潮社

0927

紫式部

源氏物語

三省堂

今は焼失した昌益の奇書を今にしのばせる。中央公論〈日本の名著〉シリーズ「昌益」編に口語訳でおさめられているから、ぜひとも一読をすすめたい。とくに老子、孔子、シャカなどの賢人を奇形児扱いするすごさ！

全体的に停滞している戦後諸国の小説界にあって、ひとり気を吐く、南アメリカ幻想小説の雄編。ボルヘスはいらないが、この『百年の孤独』だけは手ばなしたくないものだ。

日本文学のなかでも、言霊思想、陰陽観などを無意識のうちに露呈させた作品の代表である『源氏』は、暗号文学として再度照明をあてられる必然性があるだろう。ライフ・ワーク用の選択項目でもある。

0928

上田秋成
上田秋成全集
国書刊行会

『雨月物語』の著者としてあまりにも有名な秋成だが、面白いのはかれの国学者としての数々の著述である。万葉集、柿本人麿、斎明記童謡などの謎に挑む秋成の目は合理に徹している。

0929

フランソワ・ジャコブ
生命の論理
島原武ほか訳／みすず書房

パストゥール研究所の生物学的動向に興味のある向きに薦めたい本。分子生物学者の最先衛に立つジャコブの生物史とその哲学を読んで、あるいはホッと安堵する「神の生物学」派もいよう。

0930

福本和夫
日本ルネサンス史論
インターブックス

江戸期をも本のルネサンスとする発想はいくつかの例があるが、共産党を除名された福本の本が、今日もわれわれにはいちばん面白いかもしれない。アグリコラと佐藤信淵における鉱山学の検討はスリリング。

0931

ベルトゥロ

錬金術の起源

田中豊助＋牧野文子訳／内田老鶴圃

化学者ベルトゥロによる総合的な錬金術研究文献。貴重な古典の訳出であるが、同じ版元から予定されているR・ボイル『化学者は迷う』が、この時代の精神をより明確にするだろう。

0932

ポール・アザール

ヨーロッパ精神の危機

野沢協訳／法政大学出版局

十八世紀のヨーロッパを襲った危機と、その回復のために知的冒険を行なった人々の行動を扱った作品。最近の東西融合史への興味をつなぐ、いかにもフランスらしい出版だ。

0933

ルイ・パストゥール

自然発生説の検討

山口清三郎訳／岩波文庫

生物は生物からしか生まれ得ないというきわめて当然な論理を確立した名著。冒頭、ビュフォンを巻きこんだイギリスの顕微鏡学者ニーダムの怪説を論破していく部分が興味深い。

自然科学とは、しょせん「毛のないサル」が自然への全面的再復帰を求めて、そのやるせないおもいのあれこれを紡いだあげくの壮大な産物だ。——蝶が死ぬ時、花も死ぬ

0934

ラマツィーニ

働く人々の病気

松藤元訳／北海道大学図書刊行会

労働災害と職業病についての古典。作中、キルヒャーやパラケルススの名が頻出するのも当然だろう。パラケルススなどは鉱山付きの医師としてはじめて〝天職〟にめざめた人物なのだから。

0935

ジョン・ラバック

自然美と其驚異

板倉勝忠訳／岩波文庫

メーテルリンク『蜜蜂の生活』を読んだ方ならお気づきの、あのイギリス人ラバックが自然美について語った書。博物誌の面白さはここに極まる感じだ。テーマは、鉱物から宇宙にまで及ぶ。

0936

アーレニウス

史的に見たる科学的宇宙観の変遷

寺田寅彦訳／岩波文庫

寺田寅彦の訳本としてつとに知られる古今の宇宙模型コレクション。しかし、みずから生命の宇宙飛来説を呈示したアーレニウスの論述は力強い。スエーデンボルクの宇宙論にも詳しい。

0937

エルンスト・ヘッケル
生命の不可思議
後藤格次訳／岩波文庫

0938

土田よし子
つる姫じゃ〜ッ
集英社

0939

大島弓子
バナナブレッドのプディング
集英社

かつて岩波がいかに大胆な科学書を出版していたかを立証するような、実に謎めいた一冊。宇宙的一元論と進化説をもって世界の謎を解いたヘッケルの快著だ。形の生物学のために。

コミックのセンスは、作者の〝地〟の部分をどのような形で露呈させるかにある。そしてその方式は、おそらく二通り。自らをいつわる形で、虚構のおろかしさを描きだすのがこの作品である。

さて、土田よし子の場合に対して、もうひとつの行き方は、自分をいつわらない虚構の創出である。この作品では、ポルターガイスト現象すら起こす思春期女性のフラストレーションが無意識に顕在化する。

速読、何が悪かろう、直観がこぼれ落ちないためには「一心不乱」に
「垂直加速」も加わらなくてはならない。——神聖思想史の中の加速器

10——読書そのものを読書する

レーニンの
『哲学ノート』は
書き込みやアンダーライン
そのままに復刻されている。
読書体験は消えない。
否、
読書そのものが
もうひとつの
著述宇宙を
誕生させることもある。
そんな「読書の本」。

1001

ゲーテ＋エッカーマン
ゲーテとの対話［上・中・下］
山下肇訳／岩波文庫

1002

渡辺一夫
曲説フランス文学
筑摩選書

1003

エーリヒ・アウエルバッハ
ミメーシス［上・下］
篠田一士＋川村二郎訳／筑摩選書

必ずしも読書体験ばかりが述べられているのではないが、全自然学者ゲーテのことだ。老ゲーテの人や本への一撃が息吹をもって伝わる得がたい対話と解説書になっている。僕は三、四年のあいだこの三冊を枕頭においていた。

元カッパ・ブックスの中で最も香りの高い一冊だ。エラスムスやラブレーを愛するユマニスト渡辺一夫が、神吉晴夫に乞われて自在に綴った。同じくカッパの中村真一郎『小説入門』、澁澤龍彦『快楽主義の哲学』も妙。

アリストテレス以来のヨーロッパ精神の底流となったミメーシス、模倣の原理。ペトロニウスの、ボッカチオの、ラブレー、セルバンテスの武器であるミメーシス。そいつは言い換えれば文体相似律ということだ。

文学者がついつい忘れてしまうのはこの「言語が錆びる」という特質だ。そして読む者がその錆にグリスを与えている注入者であることを、もっと忘れてしまっている。——眠られぬ朝のために

1004

アルベール・ベガン
ロマン的魂と夢
小浜俊郎＋後藤信幸訳／国文社

蝋燭であるリヒテンベルク、星雲であるジャン・パウル、金星であるノヴァーリス、北極星であるフォン・アルニム、百合と蛇であるホフマン……ベガンがつくったドイツ浪漫派の処方箋に従うのは何とも心地よいかぎり。

1005

ジョルジュ・プーレ
円環の変貌［上・下］
岡三郎訳／国文社

パスカル、バルザック、ネルヴァル、ポオ、マラルメ、リルケが円環なら、ラマルティーヌ、ヴィニ、ボードレール、エリオットらは、では楕円だ。文学に幾何学の芳香を読む人間的時間の研究者の渉猟譜。

1006

コリン・ウィルソン
アウトサイダー［上・下］
福田恆存＋中村保男訳／紀伊國屋書店

バスに乗り遅れたとおもっているなら、この本を開いてみるべきだ。いつもシラケきっているのなら、この本に賭けるべきだ。衝撃的読書論というスタイルを世に確立させた張本人の、いまなお若やぐデビュー作。

1007

モーリス・ブランショ

文学空間

粟津則雄訳／現代思潮社

1008

ジャン・リカルドゥ

小説のテクスト

野村英夫訳／紀伊國屋書店

1009

ヘンリー・ミラー＋ロレンス・ダレル

ミラー＝ダレル往復書簡集

中川敏＋田崎研三訳／筑摩書房

マラルメとリルケを読む。それだけで薄荷（はっか）の香りのするの魂は書物色の宇宙に滲みはじめてしまう。マラルメとリルケ、いつだってそうさせる奴等。その気配の函数をブランショがよくもつかまえたものだ。

タイムズ・スクエアのしゃれた本屋で売っている大方の小説に出てくる状況なんて、いまやどこにも転がっている。それなら、どこにもない状況をテキストにした作家たちの方法論は何だったのか、という話の研究。

こういう器量の書簡集を読むと、僕ももっと手紙を綴ってくるべきだったとおもう。「ライプニッツ書簡集」のときもそうだった。男二人が大真面目に書物の熱をめぐって交信できるなんて、そうザラじゃない。

記述者としての「私」ならばかまわない。
認識者や哲学の構造の主語に「私」を出すべきではない。——可哀想ただ惚れたってことよ

1010

トニー・タナー
言語の都市
佐伯彰一＋武藤脩二訳／白水社

1011

ブライアン・W・オールディス
十億年の宴
浅倉久志ほか訳／東京創元社

1012

ミシェル・フーコー
言葉と物
渡辺一民＋佐々木明訳／新潮社

ソンタグが「タナーには敗けた」と笑っていた。彼にかかるとソンタグはトンネル幻想者で、ピンチョンがカリエスで、ウィリアム・バロウズが偽装の医師ということになる。全米で最も切れ味のいい読書家の洒落本だ。

オールディス自身が一級のSF作家であるが、これほど他人の作品を読んでいるとは仰天だ。しかも間断のない洞察が惜し気もなくまきちらされる。話はシェリー夫人とポオに始まってアンナ・カヴァンにまで及ぶ。

第二章「世界という散文」、博物学誌を扱った第五章「分類すること」が充実している。後半はエピステーメーの研究になる。また九二ページからの九ページは示唆に富む。「人文科学の考古学」という副題。だが、それだけ。

1013

アーサー・O・ラヴジョイ

存在の大いなる連鎖

内藤健二訳／晶文社

かつてジョン・ホプキンズ大学に〝観念の歴史クラブ〟という遊学派がいた。毎夜、観念の書物化と書物の観念化が語られた。一九三〇年代のこと。本書はその一人によるライプニッツを折返点とした観念史。

1014

ガストン・バシュラール

大地と意志の夢想

及川馥訳／思潮社

科学哲人バシュラールが文学を引用するときは、まるで虎が喰いちぎるような説得力が出る。鉱物と重力の夢想を説いて類書を見ない本書の他に、『大地と休息の夢想』、『水と夢』、『空と夢』も勧めたい。密想力がハンパじゃない。

1015★

荒俣宏

理科系の文学誌

工作舎

僕の友人がこんなすばらしい本を書いた。だいたい柿本人麻呂からスウィフトに抜けたり、ヴィトゲンシュタインを「映画仕掛けのオレンジ」と呼んだりできる男はそういない。真心をこめて理科の興奮を伝える読書誌。

花粉は花のイメージ・メーカーである。イオンは電気のスタイリストである。そしていま、印刷所の技術こそが「イメージのイメージ」を保証する。――イメージ・ランドリー

1016

渋澤龍彦

渋澤龍彦集成 IV

桃源社

玩具と天使を綴って名著の評が高い『夢の宇宙誌』と、ベルメール、エルンストらを語った『幻想の画廊から』を中心に収めた一集。街灯のごとき「うしろ暗い快楽」が次々に点灯され、まばゆい遊戯が始まる。

1017

花田清輝

復興期の精神 錯乱の論理

花田清輝著作集1

未来社

いま読んでも戦後まもなくの著述とはおもえない。ダンテ、ガロア他の二十一の読み方を説いたいわゆる花田流随想は、その後の戦後精神の語り口の原型となった。渋澤も丸谷も、僕も荒俣もどこかで影響されている。

1018

林達夫

林達夫集

近代日本思想体系26

筑摩書房

平凡社百科事典の編集長だった著者は〝書かない学者〟と言われながらも、『共産主義的人間』をはじめ多くを遺した。その名文集。ドビュッシーの曲の如く読後感を記す筆致を一エディターとして学びたい。

1019

吉本隆明
書物の解体学
中央公論社

1020

松岡正剛
概念工事
工作舎

1021

スーザン・ソンタグ
反解釈
高橋康也訳／竹内書店

吉本隆明も読書の鬼才である。高校時代に『抒情の論理』に接してこのかた、その手口を真似ようとしてついに果たせなかった。本書ではその手口がいよいよ大っぴらに公示されている。大いに盗用されたい。

収録の「電気は文学である」と「量子文学頌」は文学を文芸として読まない方法を、「遊門鬼門」では短気読書術を、「エルランゲン・プログラム事件」では一冊の構造を転位する方法を示した。

ソンタグに逢った翌日にジャック・スミスを訪ねたことがある。彼女こそスミスの発見者だったからだ。六〇年代アメリカの感覚に関する最良のエッセイと言われる「キャンプについての考察」を考察したい。

私が書店づくりをしたら、一週間に一度ずつ棚組みが変化する
「オーロラ・ブックショップ」になってしまうのではないかとおもう。——極上の迷宮

1022

福永光司

芸術論集 中国文明選14

朝日新聞社

1023

白川静

孔子伝

中央公論社

1024

大室幹雄

正名と狂言

せりか書房

堪能できる本だ。中国の書画論から宗炳(そうへい)、孫過庭、張彦遠(ちょうげんえん)、郭熙(かっき)、石濤らを選んでその読解を深める解説が進む。中国美術を知るにはまず見ること、次にこの本を読むことだ。全葉にタオの気韻が聞えてこよう。

孔子ほど聖人扱いされている人物はなく、『論語』ほど悪用されている書物はない。いったい孔子は悪意のある理想主義者ではなかったのか。孔子像をガラリと変える視点を展開して古代中国の思想書を点検する。

世には「名を正しうする思想」と「あえて言葉を狂わせて世界観を伝える思想」とがある。前者を正名、後者を狂言という。孔子と荘子の対比でもある。遊学をめぐってかつてない斬新な中国思想書の読み方が提示される。

1025

三枝博音

三枝博音著作集 5

中央公論社

1026

筑土鈴寛

筑土鈴寛著作集 2

せりか書房

反観合一の条理学を紡いだ江戸中期の三浦梅園は、日本思想史において空海にこそ比肩される。その梅園に迫って全容を説き、「理故」と「天神（てんしん）」の二概念に至る透徹の評論集。併収の『日本の思想文化』も必読だ。

慈円の『愚管抄』をどう読むか、これは日本人に迫られた精神史観の最大の宿題である。津田左右吉もよい、唐木順三もよい、だが筑土鈴寛もおもしろい。「道理」と「幽玄」に関心のある全読者にすすめたい。

11——読書が歴史の矛盾を告示する

歴史に学ぶのではなく、
文明史を読書している
その時間が「歴史的現在」
になることが重要な体験だ。
とても全世界史を
20冊ほどで
代表できないが、
ごく基本のしかも
頑丈な眼力を
伝える本を選んだ。

1101 

アーノルド・トインビー編集
図説・歴史の研究
桑原武夫ほか訳／学習研究社

サマーヴェル版の『歴史の研究』要約版をすら読めない人にとって、これは買っておきたい図解版だ。歴史には形状があること、文明は空間接触と時間習合を繰り返すこと、世界国家の無駄などが眼で見えてくる。

1102★ 

ハーバート・ジョージ・ウェルズ
世界文化小史
下田直春訳／角川文庫

前書と同様に『世界文化史大系』全十巻を新たに書き改めた。ダイジェスト版にしてはおもしろすぎるほど独断英断に満ちる。ウェルズはむろんＳＦで有名だが、むしろ「時空の史観」の確立者と言うべきだ。

1103 

ジョン・D・バナール
歴史における科学
I・II・III・IV
鎮目恭夫訳／みすず書房

僕が科学史を最初に学んだのがこの本だった。類書は多いが揃えるなら一番だ。刻明な記述、歴史と哲学の展開と科学を交差させている、二十世紀社会科学を科学化している。年図表付、その他で評価が高い。

どだい社会性なるものを全部集めたところで、
一個の商品の幅より狭いものなんだ。——光はフィルムの上でうたた寝をした

1104

フランツ・ボルケナウ

封建的世界像から

水田洋ほか訳／みすず書房

表題よりも中味の方がずっと濃い。水の世紀、十七世紀を築いたマニファクチャーの背後の科学と哲学を、いったんアクィナス、クザヌスに遡り、そこからデカルト、パスカルまで詳述する。ガッサンディ論が秀逸だった。

1105

ジョセフ・ニーダム

文明の滴定

橋本敬造訳／法政大学出版局

本当は大著『中国の科学と文明』を推したいが、まだ僕の手元に全巻が揃わない。本書は同じ立場から「中国観念の科学」をタイトレーションしたもの。七章「時間と東洋人」を読めば東西の文明の目盛のちがいを知れる。

1106

鈴木秀夫

超越者と風土

大明堂

和辻哲郎の風土論をやっと越える本の誕生である。直立二足歩行にはじまり仏教世界に及ぶ数万年の歴史を、専門的気象地理学者が精神風土史として解明する。ヒプシサーマル温度変化と精神変化史が連動する。

1107

貝塚茂樹
中国の歴史
貝塚茂樹著作集8
中央公論社

巨大な領土に天子がたった一人であるのはなぜか、漢民族が中国史のキイになるのはなぜか、中華意識と風土の関係、文字戦争の謎……日本はまず中国を知らねばならない。最も良心的な通史を入手しておきたい。

1108★

白川静
中国古代の文化
中国古代の民俗
講談社学術文庫

中国の古代観念において日本の原観念を語りきる——。この最も挑戦的な難題を一人でこなす漢字学の索引者が、いよいよ史観の発生現場をも叙述した。文字霊と言霊の原型への旅は同著者の漢字関係の著作を！

1109

上田正昭＋福永光司ほか
道教と古代の天皇制
徳間書店

天皇こそタオ・マジシャンではなかったか。僕と高橋秀元は十年来こんな仮説を捨てきれずにいた。本書はこの仮説を擁護する最強部隊の出現だ。明日のブームを約束する神秘主義・道教の日本的淵源を追う。

明日や明後日の「実現の結末」のもとに今日があるのではなく、もはや「今日の実現の結末」が唯一のみすぼらしい世界の実体になっている。——或るささやかな履歴書から

1110

西田正好

神と仏の対話

工作舎

日本史の謎は「天皇と神仏習合史」に尽きる。天皇と道教の関係も、弥生以来の神道と飛鳥以来の仏教との関係も、その底流はつながっている。いったい日本人はどこのカミをもってきたのだろう。その謎へ一歩。

1111

大佛次郎

天皇の世紀 全17巻

朝日新聞社

大佛次郎の『パリ燃ゆ』と本書は、われわれに「もうひとつの文明史」のあり方を教える必読書である。これは幕末維新を通したニッポン十九世紀をまさしく天皇の観念の側から詳述する決定打なのである。蘇えれ、鞍馬天狗。

1112

オスヴァルト・シュペングラー

西洋の没落［上・下］

村松正俊訳／五月書房

第一章で「数の意味」が、第二章で「観相学と因果律」が、つづいて「魂のイコノロジー」が展開されて、ついでやっと民族と都市の歴史の叙述に入るという奇著。数観念の堕落が西洋をダメにしたという主張だ。

1113

マーシャル・マクルーハン
グーテンベルグの銀河系
高儀進訳／竹内書店

1114

ワイリー・サイファー
自我の喪失
河村錠一郎訳／河出書房新社

1115

ヴァン・ペールセン
文化の動態
遠藤弘訳／紀伊國屋書店

竹村健一がしゃべりすぎてマクルーハンの本来の凄味が見失われてしまったが、本書は印刷文化史の本質と矛盾を爆破した唯一の重戦車。活版本が無意識と精神分裂という病理を生んだなどという砲撃もこたえられない。

現代におけるファンクショナリズムとエントロピーとビート感覚という三ツの核を同時に論じた初めての本。素材は文学と美術だが、存分に半自我病の病理を衝く。同著者の『ルネサンス様式の四段階』『文学とテクノロジー』もいい。

この本をまだ企業内催眠術にかかっていないビジネスマンに勧めたい。かなり広角のレンズをつかった現代文化の構造論をモーター・ドライブのように読むことができる。ちょっぴり現代科学の知識も入手できよう。

1116

草森紳一

絶対の宣伝 1·2·3·4

番町書房

草森紳一がいつのまにこんな厖大なナチス・プロパガンダ論を綴っていたのか、それがナチス・ディスプレーの空恐ろしさと共にやってきて読書時間を昂奮させた。誰しも一度はナチスを知らなければならない。

1117

榎一雄 編集

西欧文明と東アジア

東西文明の交流5

平凡社

このシリーズは全巻必読だが、とくに日本人は東アジアを看過するので選んでおいた。内容は十五世紀のインド洋沿岸史からアヘン戦争まで。映画『地獄の黙示録』にはこうした時空の圧縮が前提されていなかったのだ。

1118★

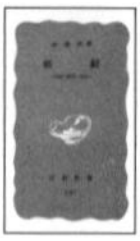

金達寿

朝鮮

岩波新書

朝鮮の民族文化史を通暁する手頃な一冊。安易な隣国意識と協調主義を警戒する著者の眼が効いて入門にふさわしい。その他の文献は三省堂『朝鮮の歴史』の巻末が詳しい。ただ「文字の朝鮮史」の本が少ない。

1119

T・K生
韓国からの通信 1・2・3
「世界」編集部訳／岩波新書

一九七二年十月の朴政権の戒厳令下の通信からいまなお続くT・K生匿名氏のドキュメンタル・レポート集。『世界』に断続的に連載されていた。われわれは韓国を知るとともに、戒厳令というものの怖るべき本質にいやでも気がつかされる。

1120

チャンダー＋スパウォン
革命に向かうタイ
タイ民衆資料センター訳／柘植書房

この本を訳出しているタイ民衆資料センターの活動は地味ながら注目すべきである。また井村文化事業社が刊行中のタイ叢書も脚光を浴びるべきだ。同社のアヌマーンラーチャトンの『タイ民衆生活史』が絶品。

1121

エドワード・F・フレイジァ
ブラック・ブルジョアジー
太田憲男訳／未来社

これは黒人問題のためというよりアメリカの現実を見るに最も速力のあるガイドとなろう。すでに巨大なニグロ・ビジネスの地歩を築きつつあるブラック・カルチャーを通して、スティーヴィー・ワンダーを聴きなおしたい。

1122

ナタン・ワインストック

アラブ革命運動史

北沢正雄＋城川桂子訳／柘植書房

アラブ革命の下敷にはマシュレクとマグリブの東西アラブ民族の動力学がはたらき、そのエネルギーにはイスラームが作用する。アラブ史の粗述と大戦前後からパレスチナ解放運動に至る全縮図をユダヤ人が綴った。

1123

加茂儀一

家畜文化史

法政大学出版局

最後にガラリと視点を変えて、犬や猫や豚の側からの文化通史を覗いてみるのもどうか。大著だが、気に入った個所から読めば苦にならない。中国では猫の瞳孔の開閉によって時刻をみていたのは御存知ですか。

12——読書で一番遠いところへ行く

書物は光速である。
読書は無窮である。
一日一冊で一年、
一ヶ月一冊で30年かかる
このブック・リストの
最後の冒険は、
僕が「存在学の粋」と
呼んでいる一連の
清澄な緊張を
お届けすることだ。

1201

ジュール・ラフォルグ

地球のすすり泣き

中江俊夫訳／吟遊社

エイティーン・ナインティー（一八九〇年代）の孤独な旗手が、香ばしい遊星的失望をこめて「ランマ・サバクタニ」（神よ、なぜ我を見捨てたまいし）と謳う。月とピエロに憑かれた僕の最も好きな詩人の代表作品である。

1202★

アーサー・C・クラーク

地球幼年期の終り

沼沢洽治訳／創元推理文庫

先年、関係者のほとんどが参加したSFベスト100の第一位に輝いた名作。繰り返し「オーバー・マインド」が地球を訪れ、やっと地球が幼年期を脱出して〝青い春〟を迎えるという胸のしめつけられる話。

1203

パウル・シェーアバルト

小遊星物語

種村季弘訳／桃源社

李白とオマール・カイヤムとスーフィズムと永久運動に熱中した作家は、他方、ガラス建築の創案者でもある。巨大グラス・ハーモニカ・ハウスめいた二重小遊星の建設をテーマに特異なファンタジーが進行する。

1204★

ノヴァーリス
ノヴァーリス全集 1
斉藤久雄訳／牧神社

『青い花』——。この本をまだ読んでいないとしたら、ずいぶんの損をしていたことになります。世界で最も美しい魂の物語であって、最もイメージの源泉を知らしめる物語です。次の土曜日の夜はハインリッヒです！

1205

ロード・ダンセイニ
ペガーナの神々
荒俣宏訳／創土社

神様は「時」のまんなかに腰をおろしていたそうな。そこにスカアルの太鼓が聴えてくるそうな。ダンセイニのおとぎ話は神様より尊い。併録の稲垣足穂偏愛の『五十一話集』はなおまた夢化石のようなコント集。

1206

宮沢賢治
宮沢賢治全集 10
筑摩書房

この巻にはジョバンニとカムパネルラと風の又三郎とそして北守将軍がいる。自我の真空放電の果てに魂の化学芳香をただよわせる宮沢賢治を読めることは、われわれの矜持である。この全集は校異まで示す。

諸君！ 糞真面目なリアリズム九分に一分の冗談を混ぜなければならないのである！
——誰が凸面鏡のいたずらを笑えたか

1207

吉田一穂
定本吉田一穂全集
小澤書店

四次元落体。時と場の呪文十字。極光がおちる。ふる郷は波に打たるる月夜かな。候鳥の北方回帰は一つの帰極回生である。時限律……。こんな章句がぎっしりと古代緑地のごとく密生する精神幾何学詩集です。

1208

稲垣足穂
タルホ・クラシックス
読売新聞社

ブリキの月としゃべれるタルホが綴る「生活に夢をもたない人のための童話」や貴女の胸にプロペラの音をまわすド・ジッター模型論や、ようするにオブジェ・タルホが詰まっている。杉浦康平＋まりの・るうにい装幀。

1209

フリードリヒ・ニーチェ
ツァラトゥストラはかく語りき
手塚富雄訳／中公文庫

ツァラトゥストラになろうとするのではなく。ツァラトゥストラが再び人間になろうとする——とは何か。この一点を求めて僕は少なくとも二年間を送ったことがある。やはりそれだけの気圧のある森林哲人の超人宣言だ。

1210
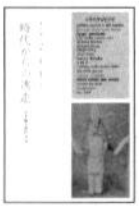

フーゴー・バル
時代からの逃走
土肥美夫＋近藤公一訳／みすず書房

ダダの店キャバレー・ヴォルテールの主人のバルはアナキストかさもなくばドイツの岡倉天心か、あるいは二十世紀初頭の最も偉大な存在学者か。ダダにいてダダを演じなかった魂の巨人バルの一七年間の日記。

1211★

津島秀彦＋松岡正剛
二十一世紀精神
工作舎

神様が忘れものをした一日を想定して、六次元博士津島秀彦と僕が、ほとんど学問領域を問わない遊学対話を試みた。科学宗教芸術の自由ではなく、科学宗教芸術からの自由のためにおもいきった話をしてみた。

1212★

岩田慶治
カミの人類学
講談社

夜、同時、神秘、境界、眼と眼の出合い、鎮魂の方法、カミの居そうな所、数、コスモス——。以上九ツの観点によって「不思議な場所」を観相した話題の多い本。第八章「数と魂」が空海・梅園をおもわせる。

僕にとって人工性とはそこに時間が一様に流れていないということだ。
——宇宙経由の人工美学

1213

ジャン・ピアジェ

発生的認識論序説

I・II・III

田辺振太郎＋島雄之訳／三省堂

数学・物理学・生物学・心理学・社会学の全域にジェネティクスを援用したピアジェの代表作。全冊読む必要はないが、連綿とした分析的文章の各所にギクリとするヒントが散りばめられている。超辞書として。

1214★

ロジェ・カイヨワ

反対称

塚崎幹夫訳／思索社

無秩序こそ存在の極限だとするカイヨワが、いよいよエントロピーと対称性の本質をとらえて語った強烈な反対称的進化論。ここに予告された「存在の未来」は祭りの終焉に似ている。そのことをどう受けとめるか。

1215★

J・G・バラード

結晶世界

中村保男訳／創元推理文庫

春分の日にアフリカの河で水死体となった男の腕は水晶のように美しく輝いていた。どうやら遠方の島宇宙で反物質銀河系が衝突して時間が消去しはじめたらしい……。史上最も近くて遠い美を描出しえた作品だ。

1216★

フリッチョフ・カプラ
タオ自然学
吉福伸逸＋田中三彦ほか訳／工作舎

1217

鎌田茂雄＋上山春平
無限の世界観・華厳
角川書店

1218

おおえまさのり訳編
ミラレパ
オーム・ファウンデーション

素粒子論はその背後にさらに小さなクォークを見るか、そこに「別のもの」を見るかで分かれる。カプラはそこに東洋、つまり「精神物質」を見た。いま世界で最も読まれているベストセラー。タオは「道」のこと。

新羅の審祥（しんしょう）が『華厳経』を聖武天皇に講じて、東大寺大仏つまりビルシャナがつくられて以来、華厳は日本文化の底流を生きている。「融通無礙」という言葉の深さと広さに象徴される華厳思想をかみくだいた一冊。

マンディアルグが「ミラレパこそ青春の理想だった」と僕に言った。ミラレパはチベット人が最も偉大視している苦行詩聖。本書はエヴァンス・ウェンツの英語版を底本とする。かつて河口慧海が日本に紹介した。

「読む」とは、とりわけ世界記述を「読む」とは、その存在および精神の位置と質量を知ることに集中されるべきだ。——書くペシミズムと読むペシミズム

1219

リヒアルト・ヴィルヘルム＋カール・グスタフ・ユング

黄金の華の秘密

湯浅泰雄＋定方昭夫訳／人文書院

清朝の『太乙金華宗旨』はタオ（道教）の秘教的テクスト。これをR・ヴィルヘルムが訳しユングが長い解説をつけた。陽の魂をアニムス、陰の魄をアニマととらえ、タオの気の脈絡をうまく現代に橋渡しする。

1220

モッラー・サドラー

存在認識の道

井筒俊彦訳／岩波書店

イスラームの叡智哲学（ヒクマット）は、日本語で紹介されているかぎり照明学派スフラワルディと存在学派サドラーが双璧だ。本書はその待望の邦訳と解説。存在とは存在であろうとする場所で、ある、とサドラーは言う。井筒俊彦の解説も。

1221

マンリー・P・ホール

象徴哲学大系 Ⅰ・Ⅱ

大沼忠弘ほか訳／人文書院

著者はシュタイナーの弟子ハインデルの愛弟子。薔薇十字団に属する。邦訳は全五冊だが、第Ⅱ巻『秘密の博物誌』がピタゴラスから古代西欧の〝草木虫魚の神秘学〟に至って圧巻。西欧存在学の祖型がわかる。

1222

ウィリアム・バトラー・イエイツ
幻想録
島津彬郎訳／パシフィカ

月を沈黙の友とし、妻を神秘幻想の扉とするイエイツの霊的自我が、万霊節の夜に向って次々に謎の周期を解いてゆく。まったく不思議な本だ。いったい何て呼んだらいいか、いわば「意志と超意志の観相学的記録」か。

1223

ルドルフ・シュタイナー
神智学
高橋巖訳／イザラ書房

この本の前に同訳者によるシュタイナーの『いかにして超感覚的世界の認識を獲得するか』を読むのがいいかもしれない。シュタイナーは二十世紀最大の神秘学者。その底辺にはゲーテの「ビルト」が作用する。高橋巖さんに感謝。

1224

ピョートル・デミアノヴィッチ・ウスペンスキー
超宇宙論
高橋克巳訳／工作舎

いまカリフォルニアで最も読まれている神秘思想家がウスペンスキーである。本書はコリン・ウイルソンが『オカルト』で再三絶賛した『宇宙の新型モデル』の四章分。後半は相対性理論と神秘学の合体だ。

自然を知ろうとするか、さもなくば自然を知ろうとしないか――とどのつまり、われわれの「存在の特色」はほとんどこの両型に属している。――洒落

1225

コスタス・アクセロス

遊星的思考へ

高橋允昭訳／白水社

僕の青春期はマルクス学に塗りつぶされていた。そこから〈存在学〉と〈遊学〉に至るにはかなりの苦闘があったが、本書はそれを見透したかのごとくマルクス学の遊学化を図っていた。世界遊戯とは何かを問う。

1226

アルフレッド・N・ホワイトヘッド

過程と実在

山本誠作訳／松籟社

まず山本誠作『ホワイトヘッドの宗教哲学』（行路社）でアクチュアル・エンティティなどの用語に慣れるとよい。翻訳が悪いせいでもある。ともかく本書は僕が一番手こずった有機体存在学の大著だ。みんなで挑戦しましょう。

1227

中村元編集

原始仏典 大乗仏典

筑摩書房

『法華経』はスペースオペラ、『華厳経』は善財童子のロードマップ、『維摩経』はコンニャク問答で、『理趣経』はスートラエロチカ、お経はどれも最高にエディトリアルされた劇的構成を採っている。まず法華経から始めたい。

1228★

天台智顗
摩訶止観［上・下］
関口真大校注／岩波文庫

1229

道元
正法眼蔵
西尾実ほか校注／岩波書店

1230

空海
弘法大師著作全集 1
勝又俊教編集／山喜房仏書林

第一に坐禅指導書として読む。第二に止観すなわち超観相学の本として読む。第三に当体全是の存在学として読む。第四に般若（知慧）を読む。第五に概念工事の妙を読む……。何度でも読める天台きってのアルス・マグナだ。

一の「現成公按」のいわゆる平不平論、七の顆明珠の宇宙論、二〇の「有時深々海底行」や「有時大地虚空」の章句で有名な時間論、二五の「溪聲山色」あたりを拾い読むところで始めて、二九の山水経へ。

空海は『吽字義』あるいは『声字実相義』から入るのがいいが、いずれ本巻所収の最大の著作『秘密曼荼羅十住心論』に及ぶことになる。ここではとても解説できないので、何も書きません。いずれ解説本を書きたい。

むろん、言語は生物であって、生命組織であるけれど、
それ以上に、物質である。――戦闘速度に乗って

1231★

荘子

荘子 内篇・外篇・雑篇

森三樹三郎訳／中公文庫

荘子こそ大いにアナーキーな遊学の人だった。これは読む本ではない。遊ぶようにしてなじむ「流れ」のようなものだ。三六五冊目においてはあるが、できれば明日にでも手にとってみてほしい。眼と心と体が洗われる。

以上三六五冊也

このまま**読**んで
そのままへ

松岡正剛

「読み」そして「なる」という不思議な光景につきあうとき、だれでも言いしれない気持ちをいだくにちがいない。その光景はわれわれにとって、「読む」ということがなんであったのかを知らせてくれる。これは一つの例だけれど、あの空海が「読む」ということの基本的な観点として、「五大（ごだい）に響きあり」と前提して、「六塵悉文字（りくじんしつもじ）」といっている。もちろん五大は地水火風空の宇宙を成立させている五つの元素、これに色を加えて六

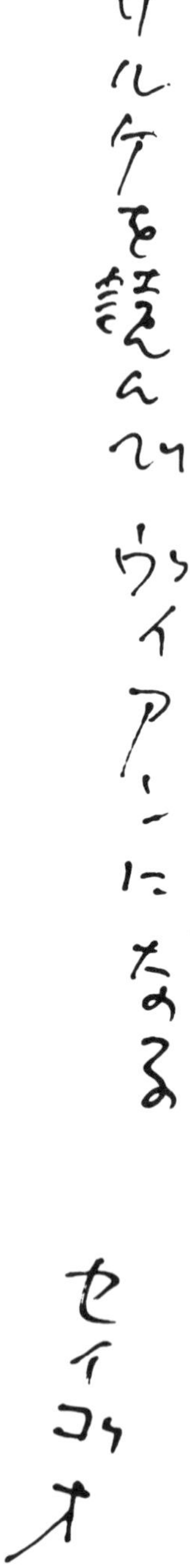

塵として世界の構成要素とする。「五大に響きあり」というのは、根源になる物質は共鳴して波動現象をおこし、その波動現象はわれわれの

ケプラーを読んでM・P・ホールになる

音声から言葉にまでおよんでいるということだし、「六塵悉文字」はそうした言葉が定着して文字になったとき、文字は感覚を総合して観相

白川静を読んでアンリ・ミショーになる

した自然とそっくりのモデルだということを示している。五大にしても六塵にしても、太古からの感覚の中に得られて、インドの自然観の中を

流れ、あらゆるスートラ（**経**）の**自然観**の**中**に**基本**としてすえられてきた。**四大**（**地水火風**）が**物質現象**なら、**空**は**場所**、**色**は**精神物質**とで

道元を読んで井上ひさしになる

もいえよう。それら**全体**で**世界**は**生**じ、そのこと**自体**が**文字**だということになる。「**読む**」ことをもう**少**しおしすすめれば、**風光**を**詠**むこと

司馬遷を読んでナム・ジュン・パイクになる

になり、**未来**を**占**むことになり、**筋**を**読**むことになる。それは**世界**の**不思議**な**真相**とつきあうことだろう。その**真相**といったところで、**独創**

的な見解があるというのでも、新たな知識によって知りうるというのでもない。訪ずれる響きを、いわばキャッチ・ウェーブして、文字に定着した。

エピクロスを読んで　マルクスになる

その文字から再び響きをよみがえらせ、世界の方に返すのみであろう。そこに読むことの神秘がある。本は世界の波動を封じた玉手箱だということができるかもしれない。

法華経を読んで北一輝になる

存在がとらえた世界の響きが、声となり文字となり、封じられていたものを開くとき、文字が織りなす響きにふれる者は、たちまちその響きをもった存在になる。読んだものは読まれたものにかぎりなく共鳴し、相似た精神の波動をもちながら、

荘子を読んで湯川秀樹になる

時代や場所に応じた色あいを介して、声を発し、音となし、色となし、文字に定着して、再び本として封ずるかもしれない。こうして読

一休を読んで三鬼になる

まれたものは読んだものになりつづけていくことで、世界そのものにつきあうことになる。そこに読むことの真の興奮があるにちがいない。

【附録】松岡正剛 読書術講義より

気楽に読んで乗ってゆく

……この本を二度と読むことはない、
という覚悟は、案外読書を軽くしてくれるものだ。

1 目次とイマジネーション

ページを開くまでもなく、内容に大方の察しがついてしまう本がある。図書館や書店の棚を前にして、思わず一冊の本に手を延ばしてしまうとき、本のタイトルやサブタイトルあるいは著者の名前によって、手を延ばす側には何らかの見当がつけられていると言ってよいだろう。まして、そんな本を自分の部屋へ持ち帰るときには、見当から生まれた予想や予想以上を期待しているにちがいない。

僕はそんな具合に、無意識のうちにも一冊の本に見当をつけ、イメージをふくらませているわけだ。目次読書とはこんないつものやり方を意識的にやってみること、つまり本文を読みはじめる前に目次をじっくりとながめておき、全体の構造や論旨に対してあらかじめ予想をたてておく。自分のそれまで持っているボキャブラリィや思考方法、そして構造感覚に、目次から読みとれる内容を照合させておいてやる。これは読み手の側で勝手にイメージを発展させておいてかまわない。そうしておけば本文に入り込んで行くときに、予想と同じならばそのまま、予想とズレが生まれればそれだけ印象に残ることにもなる。

空想された内容によってこちらと著者との間の距離を計り、本に向かうときのエネルギーの注ぎ方がきまってくる。目次こそ読み込まれるのを待っている。

2 まず速読してみる

目次読書で、ここが本の中心となる部分だ、とあたりをつけたところを開け、予想と対照させながらザッと流し読みをしてみる。そこにこちらで想定した言葉があるか確認しながら、ちょっと速すぎると思われるくらいのスピードでパラパラと読み進み、著者にとってのキーワードや重要な言葉とは関係なく、ともかくこちらにひっかかってくる言葉を頭の中に入れてゆく。

そのための練習として、任意に開いたページを、短時間（五秒前後）見ておいて、ページを閉じ、自分の中に残った言葉を思い出してみる。同じページでそれを何回か繰り返してみれば、ダラダラと時間をかけて読んでいるときよりも多くの、しかも正確な内容が残るはずだ。読書のスピードや能率を落とすのは、読もうとしたり理解しようとしたりすることによっている。無理矢理に読み込もうとするよりも、ひっかかりのある言葉の前後などから自然に入ってゆくことが大切だ。

速読のための方法としては斜読が有名。見開き全体を斜め下から持ち上げるように逆行して視線を動かし、ページ全体をチェックする。その本に多く出てくる言葉をすくいあげたり、人名だけをひろいながら、高スピードで通覧するだけで、かなりの全体感がつかめるはず。

斜読のほかに、ひとつの段落の最初と最後の文章だけに眼を通す方法がある。はじめのうちはその文章が段落の中で重要なものかどうかは無視してもかまわない。読み進むうちに、これは、と思える箇所がやってくる。そんな部分をチェックしながらひとつひとつの段落をワシづかみにする要領でやってみることだ。

斜読でも、段落をつかんでゆく方法でも、自分との関係でその著者へいちばん入りやすいかたちを見つけておく。入らない部分は入らなくたってかまわない。それなりの距離をとりつつスピードに乗って全体をチェックしてしまう。

読書した後、その本ともう一度出逢うことができるか、という気持ちが必要だ。読んだ本の内容を私有せずに使いきってゆくことが重要で、二度三度と使うことで内容の把握は進み、また内容を超えてゆくことにもなる。

3 マーキングのすすめ

精読をする場合、マーキングが読書の助けになり、受身になりがちな「読む」という行為を能動的にする。まず次ページにであげた例を見てほしい、テキストはジャック・デリダの『声と現象』、マークそれぞれに役割が与えられている実例だ。このほかにも、文中の言葉と別の出逢いかたをしておくためにルビ（ふりがな）をふっておく方法、たとえば「存在（アリストテレス）」「存在学（プラトン）」などや、読む側の興味を意識的に大きくするために☆や⊕などのピクチャー・マークを自分で書き込んだりするやりかたもある。

読書では、一冊の本が持っているリズムにどうやって乗ってゆくか、が大きなポイントになるけれど、完全に相手のペースに自分をあずけておいて、批判すべきところではその場で批判しておく必要はある。批判ばかりではなく同意点や、そこから発展させた意見なども書き込んでおく。使い古された言いかただが、読書とは対話でもあるのだ。著者と対決しているという姿勢を忘れずに。

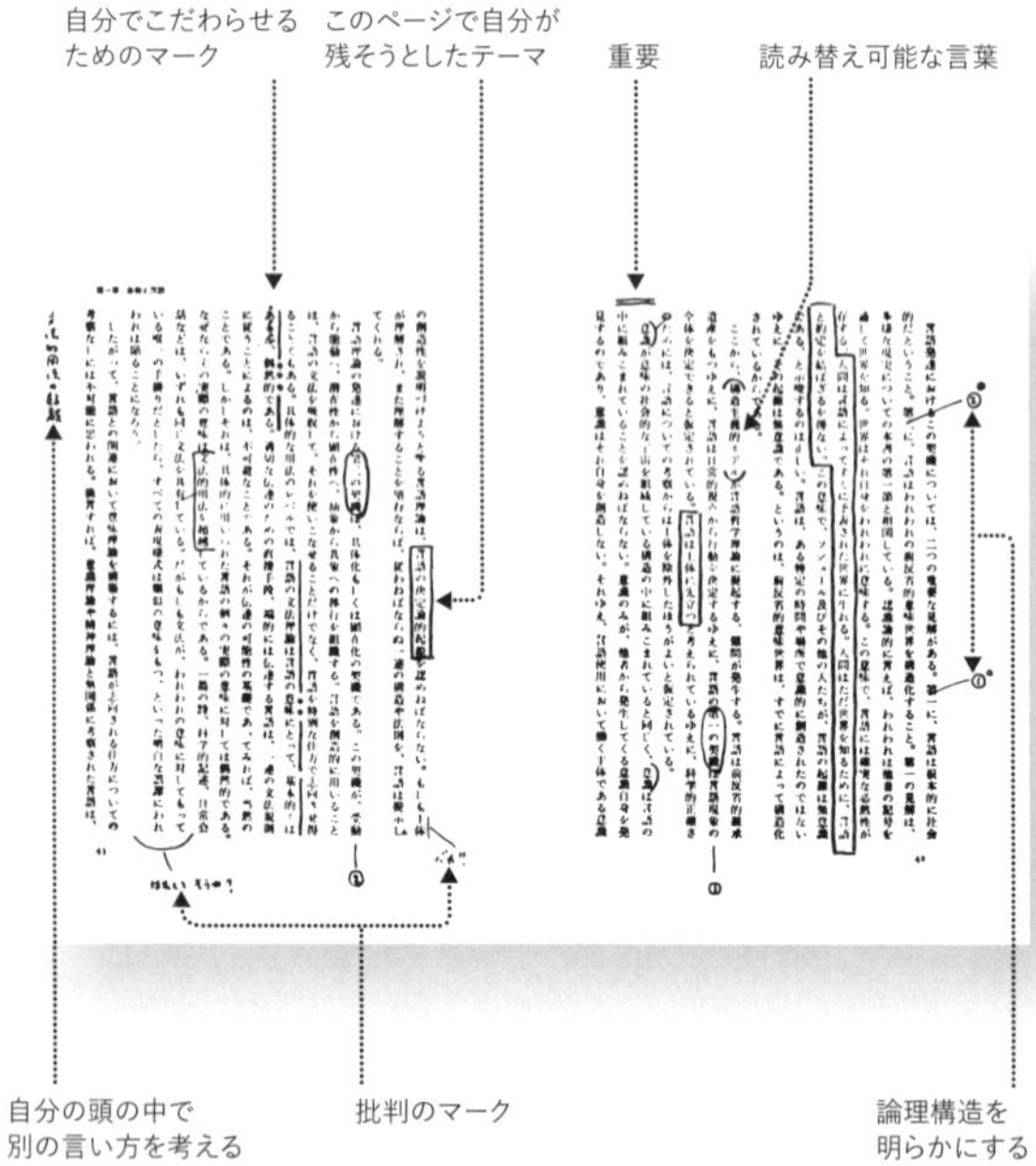
自分でこだわらせるためのマーク
このページで自分が残そうとしたテーマ
重要
読み替え可能な言葉
自分の頭の中で別の言い方を考える
批判のマーク
論理構造を明らかにする

4 認識＝表現の同時性

読書は全身運動である。身体の調子が読書に大きく影響する。とくに眼球運動と呼吸は重要だ。当然ウォーミング・アップも必要になってくる。本になれない人は、本に対して身体のリズムがうまく同調していない。呼吸は身体のリズムを支配し、思考のリズムをコントロールする。読もうとしたり覚えようと意識しすぎるとうまいリズムはつくれない。読むことがそのまま表現となることこそ、読書の醍醐味だ。それにはマーキングや書き込みなどの方法のほかに、ここは、と思える文章や言葉を自分がふだん使っているイントネーションを用いて頭の中で発音してみたり（もちろん実際に声にしたってかまわない）、書かれていることに対して〝合の手〟を入れてやったりすることも、自分のリズムと本を同調させることになる。

また編集され製本された一冊の本の型式にとらわれる必要もない。いつでも十ページ先や十ページ前にもどることができるのを忘れずに。はじめから順序を追って読まなくてはならない、という先入観は捨ててしまうこと。

どうしても、その本の内容に乗れないときや、つまらない本でも読まなくてはならないときもある。そんなときは自分が乗っている状態を演出してやる。姿勢を変えてみたり、著者の文体を言い替えてやったりして自分自身を加速してゆく。

マーキングや言い替えを重ねて一冊の本に対して自在になっておけば、認識と表現は同時におこってゆく。そうして一冊の本を閉じた後に残るのは、もうひとつの対話篇であり、思想であり、物語であり、そして姿をあらわしはじめたもう一冊の「本」である。

（記録＝米澤敬）

【注記と補足】

三六五冊の未知の記憶

遊塾生・工作舎編集長
米澤敬

●三六五冊の本文は、雑誌『遊』一八九一年八・九月合併号のために書き下ろされたものである（特集「読む」は十川治江と高橋秀元が編集担当、エディトリアル・デザインは市川英夫）。すでに三十年以上が経過している。一ケ月一冊のペースで読んだとしても、とっくにすべてを読了できるだけの時が流れたわけだ。しかし発表当時に入手が容易であった本も、現在では品切になっているものも少なくない。本の寿命は長いが新刊商品としての寿命は意外に短いのである。本稿は、出版社やそのかたちを変えて生き続け、読み継がれている本を中心にした、三六五冊の入手のための手引きでもある。

●一九八一年当時と現在では出版をとりまく環境は、大きく変化している。なにしろ携帯電話やネットはおろか、パソコンやワープロもまだ普及していなかった時代である。ファクシミリでさえ、日常的に使われ始めてからそれほどたっていなかった。『遊』も一部は活版印刷である。印刷所も出版社も書店も、そして図書館も、三十年でその佇まいを大きく変えた。新しい「必読書」が生まれる一方で、忘れ難い「古典」が消えていった。結果として、本書は一九八一年のタイムカプセルにもなっている。

●いま松岡正剛が読書入門篇として三六五冊を選ぶとしたら、その景観は大きく異なったものになるだろう。ただしそれは三十年以上が経過したからというだけではなく、選本のタイミングが一年、あるいは一ケ月、もしかしたら一日ずれただけでも激変するのが、松岡流というものだからだ。

●確かに現在の眼から見ると、三六五冊の中には「時代遅れ」だと思われるものも含まれてはいる。とくに天文学や生物学や情報工学の関連では、その後多くの魅力的な本が誕生している。しかし読書は新しさや事実を求めるだけのものではない。プラトンやアリストテレス、ケプラーやキルヒャー、ダーウインやアインシュタインだって、古いというなら充分以上に古いのである。ガチガチの科学書だって、科学的事実を知るためだけではなく、「方法」に瞠目し「想像力」に酔いしれるために読まれたっていいはずだ。

●またこの三六五冊には、松岡周辺を出入りする人々の動向が、色濃く影を落としている。その代表が協力者としてクレジットされている荒俣宏なのだが、さらに当時の工作舎の日常や遊塾での交感が、「この一冊」を選ぶ際の決め手になっているとおもわれる。この「注記と補足」には、そんなかつての事情を知るものとして、一九八一年夏前後の気配を、若干ではあるが盛り込んでみた。

●なお、以下「＊」印のついた本は、品切、もしくは絶版であっても、ネットや古書チェーンで比較的廉価に購入できるものである。便利な世の中になった。しかし便利になるほどに、何かがとてつもなく不自由になっている。松岡自身は、アマゾンもブックオフも利用しない、とおもう（文中敬称略）。

01 読書はイマジネーションにはじまる

0101 **宇宙をぼくの手の上に**▼品切＊。「千夜千冊」でも紹介。

0102 **一千一秒物語**▼カバーデザインは変更。「千夜千冊」でも紹介。本書は当時の工作舎スタッフと遊塾生のバイブルでもあった。

0103 **レ・コスミコミケ**▼ハヤカワ文庫に収録されたが品切＊。「千夜千冊」では『冬の夜ひとりの旅人が』（白水Uブックス）を紹介。

0104 **美しい星**▼カバーデザインは変更。「千夜千冊」では『絹と明察』（新潮文庫）を紹介。

0105 **大理石**▼品切＊。松岡とマンディアルグとの対談は『遊学の話』（工作舎＊）に収録。松岡による「大理石映画化構想」については『遊学II』（中公文庫＊）で読める。

0106 **狂風記**▼集英社文庫に収録されたが品切＊。『普賢』も同様。『紫苑物語』は講談社文芸文庫版があり、「千夜千冊」でも紹介。

0107 **方法の実験**▼品切の後、二〇〇二年に新装版。ただしふたたび品切＊。内田百閒『冥途』はちくま文庫、川端康成『水晶幻想』と埴谷雄高『死霊』は講談社文芸文庫で入手できる。稲垣足穂『弥勒』は河出文庫＊、ちくま文庫＊、また全集＊でも。「現代文学の発見」については、「千夜千冊」で、尾崎翠の『第七官界彷徨』を収録していることへの言及がある。

0108 **ねじ式**▼小学館文庫は、カバーデザイン変更。ちくま文庫にも収録。「千夜千冊」では『ねじ式・紅い花』版（小学館叢書＊）を紹介。

0109 **ドグラ・マグラ**▼角川文庫版（上下巻）がある。「千夜千冊」でも紹介。中村宏装丁による三一書房版「夢野久作全集」での復活（1969）は事件だった。

0110 **猿丸幻視考**▼講談社文庫に収録されたが品切＊。ちなみに猿丸大夫は三十六歌仙の謎めいた人物。

0111 **怪奇小説傑作集1**▼カバーデザインは変更。編者の平井呈一は紀田順一郎とともに、荒俣宏の師匠にあたる人物。「千夜千冊」では平井訳の『吸血鬼ドラキュラ』（創元推理文庫）が紹介されている。レ・ファニュが気になる向きには創元推理文庫に「傑作選」がある。

0112 **シャイニング**▼文春文庫（上下巻）がある。『キャリー』は新潮文庫。「千夜千冊」では『スタンド・バイ・ミー』（新潮文庫）を紹介。

0113 **暗黒星雲**▼品切＊。ホイルの宇宙生物学書には、ウィクラマシンゲとの共著『生命・DNAは宇宙からやって来た』(徳間書店)がある。

0114｜**空想自然科学入門**▼「アシモフの科学エッセイ」シリーズの第一巻としてハヤカワ文庫に収録。

0115｜**不思議の国のトムキンス**▼二〇一六年に白揚社より復刻版刊行。「千夜千冊」でも紹介。シリーズ「G・ガモフコレクション」も白揚社から。

0116｜**物理学とは何だろうか**▼岩波新書のロングセラー。「千夜千冊」でも紹介。

0117｜**目でみる脳**▼『脳の話』は岩波新書＊。左脳右脳ブームをつくった角田忠信『日本人の脳』(大修館書店)は入手可能。

0118｜**重力への挑戦**▼品切＊。クレメント作品には、地球に不時着した半液体生物の物語『20億の針』『一千億の針』(いずれも創元SF文庫)もある。

0119｜**寺田寅彦随筆集**▼『寺田寅彦随筆集』は岩波文庫で全5巻。さらにコンパクトに寅彦随筆を味わいたいなら『柿の種』(岩波文庫)。現在入手しやすい全集は全30巻(岩波書店)。「千夜千冊」では『俳句と地球物理』(角川春樹事務所＊)を紹介。引用されている「好きなもの イチゴ珈琲花美人 懐手して宇宙見物」は、寅彦自身による有名な句。工作舎では「科学的愉快」が「数学的自由」と対で語られることが多かった。十川治江と松岡の対話篇『科学的愉快をめぐって』(工作舎プラネタリー・ブックス＊)もある。プラネタリー・ブックスは「遊学する土曜日」として開催した公開対談の記録を中心としたシリーズ。全部で20巻刊行されたが残念ながらすべて品切。ただ現在その一部が立東舎文庫に収録されつつある。

0120｜**光の博物誌**▼品切＊。「千夜千冊」では『時間の矢』(地人書館＊)を紹介。

0121｜**自然学曼陀羅**▼『遊』連載のエッセイを中心にまとめた松岡正剛の処女作。初版時のデザインは木村久美子、西岡文彦の合羽摺作品があしらわれた。本表紙の曼陀羅コラージュは宮川隆。現在の改装版は、西山孝司デザインにより、小林健二の鉱物オブジェ作品で飾られている。当時(いまも?)、松岡は超鉱物主義を構想していた。

0122｜**偶然の本質**▼ちくま学芸文庫に収録されたが品切＊。「千夜千冊」では『ユダヤ人とは誰か』を紹介。J・B・ラインの代表作は『超心理学入門』(青土社＊)。同期性についてはD・ピート『シンクロニシティ』(朝日出版社＊)が好著。英国バンドのポリスがシンクロニシティをレゲエロックにした。

0123｜**未知の贈りもの**▼初版(ソフトカバー)、改装版(ハードカバー)ともにデザインは森本常美。初版の本文までがブルーで印刷されたエディトリアル・デザインのファンが多かった。ちくま文庫に収録されたが、いずれも品切。どのヴァージョンも古書での入手は比較的容易。

0124｜ネルヴァル全集3▼ここで採り上げられた全集は全3巻。後に全6巻版も同じ版元から刊行されたが、いずれも品切。「千夜千冊」では『オーレリア』(思潮社・品切、やや高価だが古書での入手は可能)を紹介。

0125｜人間以上▼ハヤカワ文庫に収録されたが品切＊。『夢みる宝石』(ハヤカワ文庫)もお勧めだがこちらも品切＊。スタージョンの単著で入手が容易なのは、河出文庫版『不思議のひと触れ』『海を失った男』など。

0126｜シャボテン幻想▼ちくま学芸文庫に収録。「千夜千冊」でも紹介。松岡の龍胆寺への敬意は、『遊』(8号)に長文エッセイ(「神さまの科学・序説―これはぼくのお伽噺だ」)を依頼したことにもあらわれている。また、龍胆寺は川端康成の代作をしたことがあるとも、菊池寛に睨まれたともいわれている。

0127｜植物と哲学▼『動物と西欧思想』とともに品切＊。新刊で読むなら『思想としての動物と植物』(八坂書房)がある。山下は『ライプニッツ著作集第10巻』の「中国学」を訳出。

0128｜神秘と冗談▼品切＊。松岡の対談相手の高橋克巳は神秘学研究家であるとともに工作舎の経理を担っていた。

0129｜呪術師と私▼太田出版から『ドン・ファンの教え』として改訂版が刊行されている。「千夜千冊」でも紹介。また『呪術の体験』も『分離したリアリティ』(太田出版)として改訂された。

0130｜サイレント・パルス▼品切＊。装丁は中垣信夫。

0131｜人類学的宇宙観▼品切＊。岩田の著作では『草木虫魚の人類学』(講談社学術文庫＊)が「千夜千冊」で紹介されている。

0132｜お月さまいくつ▼新装版あり。「千夜千冊」でも紹介。

0133｜ユリイカ▼「千夜千冊」では『ポオ全集』(全6巻)として紹介。春秋社版全集は品切＊。『ユリイカ』は岩波文庫に収録され、古書での入手は容易。新刊なら創元推理文庫『ポオ詩と詩論』を。「催眠術の啓示」は、創元推理文庫版『ポオ小説全集』の第3巻に収録。工作舎では『ユリイカ』と「アルンハイムの地所」(小説全集第4巻に収録)が話題になることが多かった。フンボルトの著作には『自然の諸相』(ちくま学芸文庫)がある。主著『コスモス』は工作舎でも何度か刊行が企画された。D・ボッティング『フンボルト―地球学の開祖』(東洋書林)が入門として好適。

0134｜時の声▼文庫版は品切だが、『J・G・バラード短編全集1』(東京創元社)に収録されている。「千夜千冊」でも紹介。松岡とバラードとの対談は『遊学の話』(工作舎＊)に収録。三六五冊ブックリストが掲載された『遊』一九八一年八・九月合併号には松岡による「J・G・

バラード氏への質問」も収録されている。個人的には、遊塾のワークショップで、本作のダイアグラム化を試みたことがあるが、全うできなかった悔しい記憶がある。

02
読書は男のケンカだ

0201｜男一匹ガキ大将▼集英社文庫（全7巻）に収録後、品切＊。「千夜千冊」では『天然まんが家』（集英社＊）を紹介。

0202｜野望の王国▼品切。全9巻本は、古書での入手は容易。当時工作舎男性スタッフを中心に盛んに回し読みされた。荒俣宏に「将来の夢は」と聞かれ、思わず「世界制覇」と応じて苦笑された覚えがある。本書の影響だ。

0203｜ジャッカルの日▼カバーデザインは変更。『オデッサ・ファイル』『戦争の犬たち』は品切＊。

0204｜寒い国から帰ってきたスパイ▼カバーデザインは変更。

0205｜正雪記▼カバーデザインは変更され上下2巻本になっている。「千夜千冊」では『虚空遍歴』（新潮文庫）を紹介。『モンテ・クリスト伯』（全7巻・岩波文庫）は「千夜千冊」でも紹介。

0206｜813▼カバーデザインは変更。ルパン・シリーズは「千夜千冊」で『奇巌城』（新潮文庫など）を紹介。

0207｜虎よ、虎よ！▼カバーデザインは変更。本作も『モンテ・クリスト伯』がモチーフとなっている。とくにニュー・ウェーブのSF作家からの評価が高い。

0208｜丹下左膳▼光文社文庫に収録されたが品切＊。「千夜千冊」でも紹介。「千夜千冊」ではまた、北一輝『日本改造法案大綱』（中公文庫）、幸田露伴『連環記』（岩波文庫）も紹介。

0209｜てろてろ▼新刊なら『野坂昭如リターンズ〈1〉』（国書刊行会）で。古書なら新潮文庫が入手容易。「千夜千冊」では『この国のなくしもの』（PHP研究所＊）を紹介。

0210｜暴走族一〇〇人の疾走▼一九九一年に増補版が刊行されているが、品切。初版は古書での入手は容易。

0211｜戦闘への招待▼品切＊。谷川雁の『工作者宣言』（現代思潮社＊）は、工作舎の社名のひとつのオリジンでもある。

0212｜幻視のなかの政治▼カバーデザインは変更。「千夜千冊」では『不合理ゆえに吾信ず』（現代思潮新社）を紹介。

0213｜知性の叛乱▼品切＊。近年では科学史家として『磁力と重力の発見』（全3巻・みすず書房）が話題になった。「千夜千冊」では『福島の原発事故をめぐって』（みすず書房）を紹介。また「反大学」は「遊学」

のひとつのキーワードでもあった。

0214｜反日革命宣言▼品切。高額だが古書での入手は可能。『腹腹時計』は入手困難本だが、かつて新宿の模索舎で購入したことがある。鈴木邦男に『腹腹時計と〈狼〉』（三一書房・品切、古書は高額）がある。

0215｜テロルの決算▼文春文庫に収録。「千夜千冊」では『イルカと墜落』（文春文庫＊）を紹介。大江「セブンティーン」は、『性的人間』（新潮文庫）に収録。その後日譚をモチーフにしたとされる「政治少年死す」が地下出版で回覧された。山口二矢について知りたいあまり、遊塾ワークショップでは日本愛国党総裁の赤尾敏に数寄屋橋の喫茶店でインタビューしたことがある。

0216｜檄文昭和史▼品切＊。江戸期の檄文については北影雄幸『幕末の名著・檄文総解説』（自由国民社）がある。

0217｜テロルの系譜▼ちくま文庫などに収録されたが品切＊。『唐獅子警察』は入手困難、小林旭主演で映画化もされた。「千夜千冊」ではベストセラー『沈黙の艦隊』（講談社漫画文庫など＊）を紹介。

0218｜ネチャーエフ▼品切＊。『悪霊』は新潮文庫（上下巻）。バクーニンについてはE・H・カーの『バクーニン』（現代思潮新社）がある。主著『神と国家』は、中央バックスの『世界の名著〈53〉』（品切＊）に収録。

0219｜黒い皮膚・白い仮面▼みすずライブラリーに収録。「千夜千冊」でも紹介。

0220｜アラビアのロレンス▼品切＊。『知恵の七柱』（全5巻・平凡社東洋文庫）は「千夜千冊」でも紹介。

0221｜中央アジア探検記▼いくつかの版があるがいずれも品切＊。新刊でヘディンを読むなら『さまよえる湖』『シルクロード』（いずれも中公文庫）がある。

0222｜月に挑む▼品切＊。

0223｜ジミ・ヘンドリックスの伝説▼品切＊。「千夜千冊」では、ミュージック・ライフ編『ロックの伝導者』（シンコーミュージック＊）を紹介。その後、ジミ・ヘンドリックスについては研究が進み、現在は『ジミ・ヘンドリックス エレクトリック・ジプシー』（上下巻・大栄出版）など多くの著作がある。

0224｜死者のカタログ▼品切＊。

0225｜ゲバラ日記▼中公文庫に新訳版が収録されたが品切＊。キューバ革命前の日記に『チェ・ゲバラ革命日記』（原書房）、医学生時代の南米縦断旅行の記録に『モーターサイクル・ダイアリーズ』（角川文庫＊）がある。遊塾ではゲバラの『ゲリラ戦争』とマリゲーラの『都市ゲリラ教程』（いずれも三一書房＊）が必読書とされた。「ゲリラは間に合わなくてはならない」とは当時の松岡の言葉。スケジュール管理のできない当方への叱責だったが、「間」とは、時間の「間」だけではなく、空間や人間の「間」でもあることを肝に銘じた。

0226｜わが生涯▼志田昇訳で岩波文庫に収録されたが品切＊。『裏切られた革命』(藤井一行訳)も同様。トロツキー伝三部作は、『武装せる予言者・トロツキー』『武力なき予言者・トロツキー』『追放された予言者・トロツキー』(新潮社＊)。「千夜千冊」には「鉱物やマルクスやトロツキーは米沢敬が引き受けた」と綴られているが、面と向って引き受けた覚えはない。そのセレクションに異存はないが、結局、何の成果も返せぬままにある。『資本論』を情報論として読むことは、積年の宿題。

0227｜ある革命家の思い出▼平凡社ライブラリーに収録。D・P・トーデス『ロシアの博物学者たち』(工作舎)ではクロポトキンの「闘争なき進化」論が紹介されている。

0228｜巨人出口王仁三郎▼天声社文庫に収録。口述本はシリーズ『霊界物語』(愛善世界社)として刊行されている。

0229｜中国民衆叛乱史▼その後刊行が続き、最終的には清までをカヴァーする全4巻の構成となった。一部品切だが、オンデマンド版などでも入手可能。

0230｜草莽吉田松陰▼徳間文庫に収録されたが品切＊。工作舎のスタッフとなってまもなく、この本を松岡から手渡された。何かを要求されているようで余計な気をまわしたため、消化不良のままに読んだ。「千夜千冊」では『吉田松陰遺文集』(撰書堂＊)を紹介。

0231｜天誅組▼講談社文芸文庫に収録されたが品切＊。大岡昇平には『遊』の特集「盗む」で一旦は取材に快諾をいただいたが、体調不良のため中止となった。大きな心残りだ。

0232｜水滸伝▼岩波文庫版『完訳水滸伝』(吉川幸次郎ほか訳)全10巻、講談社学術文庫版(井波律子訳)全5巻が入手できる。横山光輝版全6巻は潮出版社から。当時、ほとんどの若い工作舎スタッフは、梁山泊気分を抱えていたものである。

0233｜戦争論▼カバーデザインは変更。カイヨワは「千夜千冊」では『斜線』(講談社学術文庫＊)を紹介。松岡とカイヨワの対談は『遊学の話』(工作舎＊)に収録。

03
読書が記憶の気配をふるわせる

0301｜何かが道をやってくる▼カバーデザインは変更。「千夜千冊」では『華氏451度』(ハヤカワ文庫)を紹介。

0302｜私は映画だ▼品切＊。「千夜千冊」ではコスタンツォ・コスタンティーニ編『フェリーニ・オン・フェリーニ』(キネマ旬報社＊)を紹介。

0303｜**ジョン・シルバー**▼本書と天声出版『ジョン・シルバー』は古書で入手できるが高額。春日野八千代は実在の宝塚男役の名。春日野が主人公の『少女仮面』(角川文庫＊)は、早稲田小劇場のための書き下ろし。

0304｜**ヴェニスに死す**▼カバーデザインは変更。新潮文庫版もある。ヴィスコンティによる映画化作品も必見。「千夜千冊」では『魔の山』(岩波文庫、新潮文庫)を紹介。

0305｜**沈んだ世界**▼カバーデザインは変更。

0306｜**ブラックウッド傑作選**▼品切＊。新刊でブラックウッドを読むなら『秘書綺譚』『人間和声』(以上、光文社文庫)、『ウェンディゴ』(書苑新社)がある。

0307｜**野火**▼新潮、岩波、角川のそれぞれの文庫に収録。「千夜千冊」でも紹介。『海神丸』は岩波文庫＊。『ひかりごけ』は新潮文庫。

0308｜**ファミリー**▼草思社文庫に収録。ザ・ビートルズ作品が隠れたトリガーになった事件。

0309｜**知覚の扉**▼新訳で平凡社ライブラリーに収録。現在、著者名はハクスリーの表記。〈ダーウィンの番犬〉と呼ばれたトマス・ヘンリー・ハクスリーは祖父。『みじめな奇蹟』(国文社)は品切＊。「千夜千冊」ではミショー『砕け散るものの中の平和』(品切、入手はやや困難)を紹介。

0310｜**ケプラーの夢**▼講談社学術文庫に収録されたが品切＊。原題「ソムニウム」は、遊塾生の後藤繁雄が主宰する京都彗星倶楽部の雑誌名となり、羽良多平吉のデザインで刊行された。ケプラーの主著三部作『宇宙の神秘』『宇宙の調和』『新天文学』(工作舎)は入手可。「千夜千冊」では『宇宙の神秘』を紹介。

0311｜**中島敦全集1**▼『中島敦全集』全3巻は、ちくま文庫に収録。「千夜千冊」では『李陵・弟子・名人伝』(角川文庫)を紹介。

0312｜**夜長姫と耳男**▼岩波現代文庫に収録。『桜の森の満開の下』は岩波、および講談社文芸文庫。「千夜千冊」では『堕落論』(角川文庫)、および三千代夫人の『クラクラ日記』(ちくま文庫)を紹介。

0313｜**日本の昔話／日本の伝説**▼『日本の昔話』『日本の伝説』はそれぞれ新潮文庫に収録。「千夜千冊」では『海上の道』(岩波文庫)を紹介。『遠野物語』は河出と岩波、『桃太郎の誕生』は角川ソフィア文庫に収録。

0314｜**霊魂観の系譜**▼ちくま学芸文庫に収録。

0315｜**死者の書**▼岩波、角川、中公文庫に収録。「千夜千冊」でも紹介。本書は『遊』8号の特集「叛文学・非文学」以来、一貫して日本文学の必読書として挙げられ続けている。

0316｜**神の民族誌**▼品切＊。『生き神信仰』は塙新書＊。「千夜千冊」で取り上げられた『ヒメの民俗学』(青土社＊)は『遊』での同名の連載を中心にまとめたもの。

0317｜聖と俗▼品切＊。「千夜千冊」では『聖なる空間と時間』（「エリアーデ著作集 第3巻」せりか書房＊）を紹介。『聖なるもの』は岩波文庫、また新訳版が創元社より刊行されている。

0318｜魔法▼人文書院より復刊されたが、現在は品切＊。

0319｜聖書▼「千夜千冊」では旧約聖書の『ヨブ記』（岩波文庫）を紹介。聖書を読むのに抵抗を感じる向きには、荒俣宏が紹介するショイヒツァー『神聖自然学』（リブロポート＊）がお勧め。聖書世界を博物学的図像化した怪著。

0320｜衝突する宇宙▼一時、絶版状態だったが新装版として復活。

0321｜地球の長い午後▼カバーデザインは変更。「千夜千冊」でも紹介。

0322｜幻想飛行記▼品切＊。「イメージの文学誌」（全5巻）の一冊。全巻構成は「紅い花青い花」「水底の女」「物食う女」「幻想飛行記」「動物の謝肉祭」。「煙突奇談」は角川ホラー文庫＊、「Kの昇天」は海王社文庫、「東京日記」は岩波文庫にも収録されている。

0323｜神狩り▼カバーデザインは変更。ヴィトゲンシュタインは0815参照、ラッセルは『ラッセル幸福論』（岩波文庫）、『怠惰への讃歌』（平凡社ライブラリー）などから。レムはやはり『ソラリス』（ハヤカワ文庫）を。

0324｜漢字の世界▼平凡社ライブラリーにも収録。「千夜千冊」でも紹介。工作舎編集者の必携書だった。現在はこれに『字統』『字訓』『字通』（平凡社）が加わる。松岡による白川論に『白川静 漢字の世界観』（平凡社新書＊）がある。白川静による雑誌連載は『遊』が先陣だった。

0325｜道教▼品切＊。「千夜千冊」では福井康順ほかの『道教』（全3巻・平河出版社＊）を紹介。『道教史』は「世界宗教史叢書 9」（山川出版社＊）。『遊』1004号特集「タオ＋北斗七星」も充実。

0326｜風土記世界と鉄王神話▼品切、やや高額だが古書での入手は可能。同じ著者では『風土記』（平凡社ライブラリー）がある。原田大六なら『実在した神話』（學生社＊）『日本国家の起源』（全2巻・三一書房＊）がある。吉野裕子は『陰陽五行と日本の民俗』（人文書院）、『蛇』『山の神』『日本古代呪術』（以上講談社学術文庫）などが新刊で入手できる。福士幸次郎は『原日本考』（津軽書房＊）が代表作。

0327｜勾玉▼品切＊。水野祐には『遊』特集「歩く」の出雲取材を前に、多くをご教示いただいた。

0328｜銅鐸▼品切＊。學生社からは全15巻の全集＊も刊行されている。

0329｜石が書く▼「叢書 創造の小径」の一冊。古書で入手できるが高額。本書に掲載されているカイヨワの鉱物コレクションは衝撃だった。「創造の小径」はバルトやスタロバンスキーも収録された伝説的シリーズ。

0330｜人間と象徴▼品切＊。「千夜千冊」では『心理学と錬金術』（人文書院)を紹介。

04
読書で自分をあらためて知る

0401｜人間はどこまで動物か▼岩波新書のロングセラー。著者はゲーテ研究家でもある。

0402｜人間動物園▼品切＊。「千夜千冊」では『裸のサル』(角川文庫＊)を紹介。

0403｜パンツをはいたサル▼現代書館から増補版が刊行された。「千夜千冊」では小松和彦との対談集『経済の誕生』(工作舎)を紹介。これは遊塾生、後藤繁雄の企画。

0404｜みっともない人体▼「千夜千冊」では『建築家なしの建築』(鹿島出版会)を紹介。ルドフスキーは来日時に、松岡と「界隈」をテーマとした本をつくることに意欲を示していた。

0405｜人間・気象・病気▼品切＊。加地には、インフルエンザについての著書も多く、「風邪の加地」の異名がある。

0406｜身体・気象・言語▼品切＊。田中は遊撃展や遊会など、工作舎のイヴェントでは常に白眉だった。中井正一を勧められるなど、読書でも多くを指南された。最初の記憶は札幌のバーでアブサンをあおっていた姿である。著作に『僕はずっと裸だった』、岡田正人による写真集『海やまのあひだ』(いずれも工作舎)、松岡との対談には『意身伝心』(春秋社)もある。

0407｜引き裂かれた心と体▼品切＊。ずばり『バイオエナジェティクス』(思索社・品切、やや高額)というタイトルの著作もある。

0408｜境界線の美学▼品切＊。「千夜千冊」では『森田療法』(講談社現代新書)を紹介。ガン患者として生と死の境界にある自己を凝視した語りは、松岡によって『生と死の境界線』(講談社＊)としてまとめられた。工作舎にも度々来舎し、ほとんどのスタッフが他の場所では精神を病む可能性があると指摘された。

0409｜かくれた次元▼「千夜千冊」でも紹介。

0410｜イメージと人間▼品切＊。カイヨワにも同タイトルの著作(思索社＊)がある。

0411｜人と文明▼品切＊。装丁は杉浦康平。「千夜千冊」では『化石』(岩波新書＊)を紹介。

0412｜基礎人間学▼品切＊。装丁は羽良多平吉。

0413｜感覚の分析▼新装版あり。デザイナーの戸田ツトムは、本書を松岡に勧められ大きな影響を受けた一人。「千夜千冊」では『マッハ力学』(講談社＊)を紹介。レーニンの『唯物論と経験批判論』(新日本出版でのマッハ批判も有名。

0414｜脳の言語▼品切＊。プリブラムや物理学者D・ボームのホログラフィ理論については、M・タルボット『投影された宇宙』（春秋社）を。「千夜千冊」ではボームの『全体性と内蔵秩序』（青土社）を紹介。工作舎からは『断片と全体』＊。

0415｜脳と心の正体▼品切、古書は高額。新刊で読むなら『脳と心の神秘』（法政大学出版局）。

0416｜頭脳のメカニズム▼品切＊。水平思考については『水平思考の世界』（きこ書房）が復刊されている。

0417｜分子から精神へ▼品切＊。柴谷・藤岡対談では、今西進化論と分子生物学を扱った『進化論も進化する』（リブロポート＊）がある。

0418｜意識の心理▼品切＊。

0419｜意識の進化と神秘主義▼品切＊。「千夜千冊」でも紹介。『エロスとタナトス』（竹内書店＊）も「千夜千冊」で紹介されている。

0420｜言語と意識の起源▼品切＊。ほかに『現象学と弁証法的唯物論』（合同出版＊）がある。

0421｜心的現象論序説▼角川ソフィア文庫に収録。「千夜千冊」では『芸術的抵抗と挫折』を紹介。『言語にとって美とは何か』も角川ソフィア文庫。『遊』特集「日本する」で松岡との対談が実現した。同じく特集「盗む」で取材した折には、「なぜ石川の『普賢』ではなく足穂の『弥勒』を採るのか」と問われて往生した。臨死体験についてもいろいろ質問された。念のためフロイト『メタサイコロジー論』（講談社学術文庫）、ヤスパース『新・精神病理学総論 』（学樹書院）も。

0422｜精神としての身体▼講談社学術文庫に収録。ヴァレリーは『精神の危機』（岩波文庫）、ポンティは『知覚の哲学』（ちくま学芸文庫）など。

0423｜原初生命体としての人間▼岩波現代文庫に収録。野口体操については『野口体操からだに貞く』（春秋社）、養老孟司との対談＋DVDブック『アーカイブス野口体操』（春秋社＊）がある。

0424｜健康という幻想▼品切、古書はやや高額。

0425｜神聖舞踏▼品切＊。シリーズ「イメージの博物誌」の一冊。「イメージの博物誌」は『遊』相似律特集にも影響を与えた英国テームズ＆ハドソン社の好企画。

0426｜聖霊舞踏▼『天使論』とともに、現代思潮新社より復刊。

0427｜内なる神▼品切＊。「千夜千冊」でも紹介。デュボスにはほかに『人間と適応』（みすず書房＊）がある。

0428｜存在から存在学へ▼品切＊。遊塾生、工作舎スタッフにとっては、まるで「毛語録」のような必携書となった。

0429｜ノヴァーリス全集2▼ノヴァーリスの日記は『日記・花粉』（現代思

潮新社）で読める。箴言集「花粉」では「雰囲気は結晶的性質を持つ」の一文に出逢える。全集は全3巻＊。国木田独歩『欺かざるの記』は、多くの版があるがいずれも品切＊。『定本・国木田独歩全集』も古書は高額。カフカの日記は新潮社版などの全集（品切）で読めるが、入手はやや難しいので、平凡社ライブラリーの『夢・アフォリズム・詩』を。

05
読書は見るものかもしれない

0501 **イコンとイデア**▼品切＊。リードを新刊で読むなら『芸術の意味』（みすず書房）。リードはアナキストでもあった。

0502 **ルネサンスの春**▼「千夜千冊」では『イコノロジー研究』（ちくま学芸文庫）を紹介。同文庫には『〝象徴形式〟としての遠近法』も収録。共著だが『土星とメランコリー』（晶文社＊）は工作舎の「土星マーク」の背景に遊ぶための好著。

0503 **幻想のさなかに**▼キルヒャーについて知るなら『キルヒャーの世界図鑑』（工作舎）、洋書だがリュミネーに入るなら『Evariste Vital Luminais』（品切、入手困難）、ベルニーニなら『Bernini』（Officina Libraria SRL）がある。F・マルモンド『ベルニーニ その人生と彼のローマ』（一灯舎）も。

0504 **百頭女**▼河出文庫に収録。「千夜千冊」でも紹介。『慈善週間または七大元素』も河出文庫。横尾忠則もシュヴァンクマイエルもジョゼフ・コーネルも、そして「サージェントペパーズ」も百頭女の子どもたちだ。

0505 **68人の写真家**▼品切＊。個別には、デラモット『Delamotte' s Crystal Palace』フリス『L'Egypte à la chambre noire』、オサリバン『The King Survey Photographs』、カメロン『Julia Margaret Cameron' s Women』、エマーソン『Peter Henry Emerson and American Naturalistic Photography』、ホワイト『Clarence H. White and His World』、スティーグリッツ『Alfred Stieglitz (Aperture Masters of Photography, No6)』などがある。

0506 **マン・レイ写真集**▼高額だが古書で入手可能。『マン・レイ（美の20世紀 11）』（二玄社）が入手しやすい。「千夜千冊」ではN・ボールドウィン『マン・レイ』を紹介。

0507 **写真と芸術**▼品切＊。

0508 **ダダ**▼新装版も刊行されたが品切＊。現在は『ポップ・アート』（西村書店）以外、表現主義、未来派、構成主義のまとまった画集は入手しにくい。『フォトモンタージュ 操作と創造—ダダ、構成主義、シュルレアリスムの図像』（フィルムアート社）が多少は参考になる。

0509 **造型思考**▼ちくま学芸文庫に収録。「千夜千冊」でも紹介。『無限の造型』（新潮社）の入手はやや難しい。ベン・シャーンは『ベン・シャーン』（美術出版社）、スタインバーグは洋書『Saul Steinberg: Illuminations』を。

0510｜ゴッホの手紙▼カバーデザインは変更。完全版『ファン・ゴッホの手紙』（みすず書房）も刊行された。

0511｜富岡鉄斎▼やや高額だが古書での入手は可能。「千夜千冊」では杉浦康平装丁の『鐵斎大成』（全5巻・講談社）を紹介。『富岡鉄斎』（新潮日本美術文庫）が軽便。『遊』の扉文字を揮毫した樋口雅山房には、鉄斎本の企画を盛んに勧められた。

0512｜支那絵画史▼ちくま学芸文庫に収録されたが品切＊。『内藤湖南全集』は全14巻セットで購入可能。「千夜千冊」では『日本文化史研究』（講談社学術文庫）を紹介。矢代幸雄による概論『水墨画』（岩波新書＊）は「千夜千冊」でも紹介。「千夜千冊」ではM・サリヴァン『中国山水画の誕生』（青土社）も紹介。日本における水墨画の受容と独自の展開については松岡自身による『山水思想』（ちくま学芸文庫＊）がある。

0513｜八大山人・揚州八怪▼やや高額だが古書での入手は容易。石濤に絞るなら『石濤』（安徽美術出版社）。井上靖の短編にも『石濤』（新潮文庫＊）がある。「水墨美術大系」のシリーズは一時期、松岡デスク周辺を頻繁に出入りしていた。

0514｜中国書道史▼品切＊。書道史を概観するなら『遊』特集「文字する」の松岡、高橋秀元、樋口雅山房の鼎談を。

0515｜浄土教画▼品切＊。浜田隆『極楽への憧憬』（美術出版社＊）も。

0516｜仏像図典▼その後増補版が出たが品切＊。儀軌については、真鍋俊照による『密教図像と儀軌の研究』（上下巻・法蔵館＊）がある。

0517｜出羽三山▼高額だが古書での入手は可能。シリーズ『内藤正敏民俗の発見』（全4巻・法政大学出版局）も。プラネタリー・ブックスの松岡との対談『古代金属国家論』は立東舎文庫に収録。

0518｜写真集シルクロード▼品切＊。このシリーズは6巻まで刊行された。「千夜千冊」で紹介されたシルクロード関連書は『シルクロードの宗教』（教文館）、森安孝夫『シルクロードと唐帝国』（講談社学術文庫）など。

0519｜西蔵放浪▼朝日文芸文庫に収録。『藤原新也印度拾年』も朝日新聞社＊。「千夜千冊」では『印度放浪』（朝日文庫＊）を紹介。『遊』では特集「感覚する」に登場。

0520｜京劇▼〈1〉が「京劇百花」、〈2〉が「孫悟空」の2巻本＊。

0521｜イスラーム美術▼品切＊。現在は「岩波 世界の美術」シリーズの一冊に『イスラーム美術』がある。イスラミック・カリグラフィに耽るなら洋書『Calligraphie islamique』を。

0522｜王国▼高額だが古書での入手は可能。

0523 | 小さな知恵者たち▶品切＊。現在、昆虫や擬態をテーマにした写真集は、質量ともに充実しているが、ここでは丸山宗利『ツノゼミ』（幻冬舎）を挙げておく。

0524 | マン・ウォッチング▶小学館ライブラリーに収録されたが品切＊。

0525 | インテリジェント・アイ▶品切＊。

0526 | ヴィジュアル・コミュニケーション▶古書での入手は比較的難しいが、見つけたら是非とも購入を。杉浦・松岡コラボレーションのひとつの絶頂。

0527 | イコンの在る世界▶品切＊。著者は詩人で「歴程」の同人。

0528 | 美術における右と左▶品切＊。著者の一人、衛藤駿は松岡編集によるシリーズ「アート・ジャパネスク」（講談社）のマスター・プランナーでもある。

0529 | シンメトリー▶品切＊。ヴァイルは現在はワイルの表記。「千夜千冊」では『数学と自然科学の哲学』（岩波書店＊）を紹介。ギーディオン『空間・時間・建築』は丸善から復刻。坂根厳夫『美の座標』（みすず書房＊）は杉浦康平装丁。坂根には『メディア・アート創世記』（工作舎）も。

06
読書でジャパネスクに耽る

0600▶現在では信じられないだろうが、当時、日本あるいは日本文化について積極的に語るだけで「反動」のレッテルを貼られたものだ。筑紫哲也でさえ、ジャパネスクの名乗りを警戒していた。工作舎が右傾化したとさえ言われた。

0601 | 産霊山秘録▶品切＊。「千夜千冊」でも紹介。『妖星伝』（祥伝社＊）も周辺に愛読者が多かった。

0602 | 私本太平記▶吉川英治歴史時代文庫に収録。『神州天馬侠』（全3巻）も同様。『神洲纐纈城』は河出文庫で。

0603 | 柳生忍法帖▶現在、山田風太郎の忍法ものの主要作品は、角川文庫などで入手可能。ちくま文庫のシリーズ「山田風太郎明治小説全集」（全14巻）は、下手な近代日本論を超える。

0604 | 北辰の秘宝▶品切＊。

0605 | 火の路▶文春文庫に収録。「千夜千冊」ではハンセン病をモチーフにした『砂の器』（新潮文庫）を紹介。伊藤義教では『ペルシャ文化渡来考』の他に『ゾロアスター研究』（いずれも岩波書店＊）が参考になる。松岡と松本清張は、テレビのドキュメンタリー企画や映画「疑惑」の

ためのムック『疑惑戦線』(工作舎＊)制作などでタッグを組んでいる。

0606｜暗黒神話▼集英社文庫に収録。当時、工作舎ではマンガ書き下ろしの企画「Comix」が検討され、奥平イラ、吾妻ひでお、ひさうちみちお、大友克洋とともに諸星大二郎も執筆者候補に上がった。

0607｜天の川の太陽▼中公文庫に収録。黒岩重吾は古代日本における道教の受容にもいちはやく注目した一人である。「アートジャパネスク」の『飛鳥と万葉』では、直木孝次郎との対談に松岡とともに立ち会った。

0608｜日本の古代文化▼品切＊。「千夜千冊」では『歌舞伎以前』(岩波新書)を紹介。林屋は「アートジャパネスク」では長廣敏雄とともに全巻のスーパーバイザーを担当。

0609｜陰謀の古代史▼品切＊。

0610｜古事記の世界▼「千夜千冊」では西郷篇の『梁塵秘抄』(筑摩書房＊)を紹介。『古事記物語』は原書房＊。

0611｜シンポジウム「日本の神話」▼品切＊。

0612｜古代研究▼角川ソフィア文庫に収録(全6巻)。中央公論社版『折口信夫全集』は全37巻別巻3の構成＊。

0613｜日本美術の流れ▼新思索社から新装版が刊行されたが品切＊。松岡が「つくっている全集」とは「アート・ジャパネスク」(全18巻・講談社・品切、古書で入手できるが全巻はなかなか揃わない)のこと。第一回配本は『大仏と正倉院』(1982)、最終巻は『美の科学誌』(1984)。『美の科学誌』は杉浦・松岡による「ヴィジュアル・コミュニケーション」の日本的展開でもある。

0614｜日本美の系譜▼品切＊。『乱世の精神史』(桜楓社、古書での入手もやや困難)、『花鳥風月のこころ』(新潮選書)、『一休』(講談社現代新書＊)、『神と仏の対話』(工作舎＊)、『無常観の系譜』(桜楓社、古書での入手もやや困難)、工作舎からのものも含めていずれも品切であるのは残念。

0615｜うたげと孤心▼岩波文庫に収録。『抒情の批判』は晶文社＊、『紀貫之』はちくま学芸文庫。

0616｜中世の文学▼中公選書『唐木順三ライブラリーIII 中世の文学 無常』に収録。「千夜千冊」でも紹介。

0617｜中世 心と形▼品切＊。「千夜千冊」では、村井康彦『武家文化と同朋衆』(三一書房＊)、守屋毅『クラブとサロン』(共著・NTT出版＊)、宮本常一『忘れられた日本人』(岩波文庫)を紹介。

0618｜茶の本▼原文は英語である。岩波文庫版、英文を併録した講談社学術文庫版があるが、熊倉功夫には角川ソフィア文庫版を勧められた。確かに翻訳が平易である。ただし注や解説は無視していい。「千夜千冊」でも紹介。

0619 古代中世芸術論▼品切＊。「日本思想大系」の一冊。オンデマンドでも入手できる。『教訓抄』は現代思潮新社版も。『花伝書（風姿花伝）』は、「千夜千冊」でも紹介。講談社文庫、および岩波文庫があり、PHPエディターズグループからは現代語訳も刊行されているが、やはり原文で読むべきだろう。

0620 秀吉と利休▼中公文庫に収録されたが品切＊。「千夜千冊」でも紹介。『天下一統』は中央公論新社で改版された。

0621 葛飾北斎▼小学館P＋D BOOKSに収録された。「千夜千冊」では『円朝』（上下・河出文庫）を紹介。一九八一年に映画化された「北斎漫画」は矢代静一の原作。

0622 風狂▼現代思潮新社で文庫化されたが品切＊。『狂雲集』（中公クラシックス、または現代思潮新社による新撰日本古典文庫の『狂雲集／狂雲詩集／自戒集』＊）は「千夜千冊」で紹介。西行『西行全歌集』（岩波文庫）、長明『方丈記』（岩波文庫）、丈山『江戸詩人選集〈1〉石川丈山・元政』（岩波書店＊）、芭蕉『芭蕉紀行文集』（岩波文庫）、源内『日本の名著〈22〉杉田玄白・平賀源内・司馬江漢』（中公バックス）、良寛『良寛詩集』（平凡社東洋文庫）、無想庵『無想庵独語』（朝日新聞社＊）なども。良寛については松岡による『外は、良寛。』（芸術新聞社＊）がある。松岡の一休・風狂論「結晶AEX」は『概念工事』（工作舎＊）に収録。

0623 俳人風狂列伝▼中公文庫に収録。「千夜千冊」でも紹介。鏡太郎『高橋鏡太郎集』（八幡船社・入手は困難）、山頭火『山頭火句集』（「千夜千冊」でも紹介・ちくま文庫）、三鬼『西東三鬼全句集』（角川ソフィア文庫）も。松岡『言語物質論〈い〉詩を読む』（工作舎・入手困難）も是非。

0624 デザイナー誕生▼品切＊。「千夜千冊」でも紹介。入手が容易な画集や入門書では、東京美術からのアート・ビギナーズ・コレクションの『狩野派』『狩野永徳と京狩野』『本阿弥光悦』『俵屋宗達』『尾形光琳』『葛飾北斎』『歌川広重』がある。土佐派では『土佐光信』（新潮社）、古田織部は『へうげもの 古田織部伝』（ダイヤモンド社）、友禅斎は『宮崎友禅斎と近世の模様染』（宮崎友禅翁顕彰会＊）などで。

0625 空海の風景▼「千夜千冊」では『この国のかたち』（全6巻・文春文庫）を紹介。宮坂宥勝＋梅原猛『生命の海・空海』は角川文庫に収録。松岡自身が、工作舎から独立後、空海と四つに組んで『空海の夢』（春秋社）を上梓している。

0626 書と禅▼品切＊。『剣と禅』は春秋社で復刊されたが、これも品切＊。入手しやすいものに『参禅入門』（講談社学術文庫）がある。大森曹玄には、『遊』特集「仏教する」で謦咳に接することができた。

0627 日本的霊性▼角川ソフィア文庫の「完全版」もある。「千夜千冊」では『禅と日本文化』（岩波新書）を紹介。

0628｜十一面観音巡礼▶愛蔵版は新潮社。講談社文芸文庫にも収録。「千夜千冊」では『かくれ里』（講談社文芸文庫）を紹介。

07
読書が生命と宇宙の謎をとく

0701｜生命と自由▶品切、やや高額だが入手可能。渡辺慧はとにかくダンディな人だった。『遊』特集「仏教する」の座談での「唯物論はアニミズムなんです」の発言が印象に残っている。『時』（角川書店）も必読。『知るということ』（岩波書店＊）等で提唱された「みにくいアヒルの子の定理」は鮮烈だった。

0702｜生命とは何か▶岩波文庫に収録。「千夜千冊」でも紹介。工作舎からは『精神と物質』がある。「シュレディンガーの猫」のメタファーはマンガやミステリーにも引用され、あまりにも有名。

0703｜生命と原子の謎▶品切＊。

0704｜細胞の社会▶品切＊。

0705｜発生と分化の原理▶品切＊。人間を「倫理的であろうとする動物」とした『エチカル・アニマル』（工作舎＊）もある。また『遊』には「現代芸術と二十世紀自然学」（原題Behind Appearance）を連載。「カナリゼーション」と「エピジェネティック・ランドスケープ」は、量子力学者ジェフリー・チューの「ブーツストラップ」等とともに、当時の工作舎のキイ・コンセプトでもあった。

0706｜生命▶品切＊。「千夜千冊」では『一般システム理論』（みすず書房）を紹介。

0707｜進化の意味▶品切＊。ダーウィンでは『種の起原』（上下巻・岩波文庫）や荒俣訳の『ビーグル号航海記』（平凡社）が定番だが、『ミミズと土』（平凡社ライブラリー）のようなものに捨て難い味がある。ラマルクが鉱物進化論を展開した『動物哲学』（「千夜千冊」で紹介）は、岩波文庫版と朝日出版社版があるが、どちらも品切＊。S・J・グールドの『ダーウィン以来』（ハヤカワ文庫）も。グールドは「千夜千冊」で『パンダの親指』（上下巻・ハヤカワ文庫＊）を紹介。

0708｜私の進化論▶新思索社から新装版が出たが品切＊。全集（講談社）も品切＊である。「千夜千冊」では『自然学の提唱』（講談社学術文庫＊）を紹介。

0709｜植物の進化▶品切＊。植物進化をテーマとした本は意外に少ない。浅間一男ほか『植物の進化生物学』（全4巻・三省堂＊）があるが、やや専門的。入門篇なら伊藤元己ほか『植物の系統と進化』（裳華房）。

0710｜生体の全機性▶品切、やや高額だが古書での入手は可能。橋田その人にフォーカスしたものに高橋琢磨『葬られた文部大臣、橋田邦彦』

(WAVE出版)がある。シリーズ「日本の科学精神」は十川治江の企画による科学随筆集成、雲母(キラ)びき用紙にレインボー箔をあしらった装丁は杉浦康平。全5巻の構成は『数の直観にはじまる』『自然に論理を読む』『人工自然のデザイン』『オーガニズムの観相』『世界のなかの科学精神』。当時、このシリーズのためのシンポジウムに参加したある科学史家から、「日本・精神」という言葉の組合せに右傾化のニュアンスを感じるとの指摘があった。また先日逝去された吉岡斉も「若手」としてシンポジウムに参加している。

0711｜**ソロモンの指輪▼**ハヤカワ文庫に収録。「千夜千冊」では『鏡の背面』(ちくま学芸文庫)を紹介。『攻撃』もロングセラー。

0712｜**無名のものたちの世界▼**全4巻が刊行された＊。「千夜千冊」では奥井『はみ出し者の進化論』(カッパ・サイエンス＊)を紹介。『遊』特集「動物する」には奥井の「人間は失敗作である」を収録。

0713｜**おもしろい生物工学▼**品切＊。バイオニクスの成果については『バイオニクス学事典』(丸善)を。最近ではバイオミメティクス(生体模倣技術)と表現されることも多く、『次世代バイオミメティクス研究の最前線』(シーエムシー)のような本もある。ツメアカナガヒラタタマムシの応用研究は現在も継続中。

0714｜**蜜蜂の生活▼**羽良多平吉が基本設計したクロード・オリエ『治安維持』＊にはじまる「yubacks」の一冊として刊行された。デザインは海野幸裕が引き継ぎ、表紙イラストは西岡文彦。その後「プラネタリー・クラシクス」の一冊として西山孝司がデザイン、さらに「蜜蜂」「蟻」「白蟻」の三部作として独立、宮城安総デザインで現在の装いとなった。映画「ミツバチのささやき」でも本書の一節が使われた。「千夜千冊」では『青い鳥』(新潮文庫、講談社文庫など)を紹介。『ファーブル昆虫記』は岩波文庫(全10巻)などで。ファーブルには『植物記』(平凡社＊)もある。

0715｜**キリンのまだら▼**ハヤカワ文庫に収録されたが品切＊。松下貢『キリンの斑論争と寺田寅彦』(岩波科学ライブラリー)も興味深い。寺田門下では中谷宇吉郎の『雪』(岩波文庫)が「千夜千冊」の口切りとなった。『自然界の縞模様』はゴマブックスからオンデマンド出版。

0716｜**生物のかたち▼**品切＊。日本語版は原著の抄訳である。「形の文化会」の協力で工作舎からの全訳出版が計画されたことがある。「相似律」は『遊』1001号の総特集テーマだが、隔月刊期(第II期)の二特集制では、「呼吸と歌謡曲」「少年と観音力」「神道と化学幻想」のようにA特集とB特集が概念相似の関係になっている。ヘッケルは0937を。ユクスキュルは『生命の劇場』(講談社学術文庫)やクリサートとの共著『生物から見た世界』(岩波文庫)から。

0717｜偶然と必然▼松岡のモノーの見解への疑問と疑念については、『遊』一期でも散見される。当時、われわれの間では、モノーよりドーキンス『利己的な遺伝子』（紀伊國屋書店）やソープ『生命＝偶然を超えるもの』（海鳴社＊）が読まれていた。「進化と偶然」はグールド『ワンダフル・ライフ』（ハヤカワ文庫）のテーマでもある。

0718｜物質・生命・理性▼品切＊。パストゥールの主著は『自然発生説の検討』（岩波文庫＊）。

0719｜宇宙の知的生物▼徳間文庫に収録されたが品切＊。宇宙生命については『地球外生命論争1750―1900』（工作舎）が決定版。ユーリー＝ミラーの実験についてはKindle版の『ユーリー・ミラー・ファジー・ファンタジー』（タウンミーティング）がある。ダイソンなら『宇宙をかき乱すべきか』（上下巻・ちくま学芸文庫、品切、古書はやや高額）、『ガイアの素顔』（工作舎）。

0720｜天文学の最前線▼品切＊。ホイルは天文学解説書、SF小説とも に多作だが、残念ながらいずれも品切である。

0721｜超銀河宇宙の天文学▼品切＊。『電波でみた宇宙』は講談社ブルーバックス＊。T・フェリス『銀河の時代』（上下巻・工作舎）も。超銀河については『NHKサイエンススペシャル 銀河宇宙オデッセイ』（日本放送出版協会＊）のシリーズを。

0722｜宇宙創成はじめの三分間▼『宇宙創成はじめの3分間』としてちくま学芸文庫に収録。ホーキングが『ホーキング、宇宙を語る』（現・ハヤカワ文庫・「千夜千冊」でも紹介）で日本に紹介されるのは一九八九年のこと。また超弦理論の本格的展開は一九八四年以降だった。超弦理論のその後については、「千夜千冊」でも紹介されたB・グリーン『エレガントな宇宙』（草思社）を。

0723｜物質と光▼品切＊。「千夜千冊」でも紹介。

0724｜素粒子▼品切＊。「千夜千冊」では湯川『創造的人間』（角川ソフィア文庫）を紹介。一九七八年夏の南武陽一郎とH・D・ポリツァーの歴史的対話篇『素粒子の宴』（工作舎）もお勧め。

0725｜部分と全体▼「千夜千冊」でも紹介。足穂による書写のタイトルは『ハイゼンベルク変奏曲』。

0726｜物質と運動▼品切＊。

0727｜空間と時間としての世界▼品切、古書はやや高額。ミンコフスキー光円錐理論については足穂『人間人形時代』（工作舎）の「宇宙論入門」などで。R・ラッカー『四次元の冒険』（工作舎）も参照。

0728｜アインシュタインの相対性理論▼品切＊。「千夜千冊」ではアインシュタイン自身の『わが相対性理論』（白揚社＊）を紹介。アインシュタイン『相対論の意味』（岩波文庫）も。

0729｜重力の謎▼品切。古書は高額。重力をめぐる最新の科学は、レヴィン『重力波は歌う』（ハヤカワ文庫）、シリング『時空のさざなみ』（化学同人）などで。ちなみに松岡自身が重力観念を扱ったエッセイに「場所と屍体」（『遊』に連載、未完）がある。

0730｜数学と自然科学の哲学▼品切＊。「千夜千冊」でも紹介。訳者の一人である下村寅太郎と工作舎の出逢いは、十川治江により後の『ライプニッツ著作集』（I期10巻・II期3巻）に結実。

0731｜自然認識の諸原理▼松籟社より復刊されたが品切＊。「延長的抽象化の方法」は遊塾編集術の奥義のひとつだったが体得は至難。

0732｜熱とエントロピー▼品切＊。鉱物名であるブリッジマナイトは、ブリッジマンの功績により命名されたもの。熱現象の不可逆性（エントロピーの増大）を証明したボルツマンも自殺している。ボルツマンの著作は『世界の名著 79 現代の科学 1』（中公バックス＊）で。

0733｜時間とは何か▼品切＊。村上には『時間の科学』（岩波書店＊）もある。『時間と人間』（中央公論新社＊）は渡辺夫人ドロテアとの共著。『時間その性質』は法政大学出版局より復刊されたが、現在は品切＊。『遊』特集「亜時間」も参照。

0734｜自然界における左と右▼品切＊。「千夜千冊」でも紹介。パリティに深入りするならジー『宇宙のデザイン原理』（白揚社）あたりから。

0735｜エデンの恐龍▼品切＊。現在、セーガンは『COSMOS』（上下巻・朝日新聞出版）が入手しやすい。『コンタクト』（上下巻・新潮文庫）は映画化された。

0736｜機械の中の幽霊▼ちくま学芸文庫に収録されたが品切＊。ホロン構想は『ホロン革命』（工作舎＊・復刊準備中）を。「進化史上の致命的欠陥」は、マクリーン『三つの脳の進化』（工作舎）に依拠した見解。

0737｜スーパーネイチュア▼品切＊。「千夜千冊」でも紹介。工作舎に本書を持ち込んだのはカメラマンの佐々木光。その後、工作舎から刊行した『生命潮流』は、テレビ番組にもなった。『遊』特集「科学する」には松岡・ワトソン対談を収録。

0738｜サイ科学の全貌▼品切＊。銀色の造本は工藤強勝。工作舎からの第一弾『アメリカ超常旅行』＊は、米澤がはじめて校正した本。いずれも編集は田辺澄江で、以降、超科学は田辺の担当となり、生体エネルギー研究所主宰の井村宏次『サイ・テクノロジー』＊からオッペンハイム『英国心霊主義の抬頭』までが連打される。米澤は工作舎を訪れた生体エネルギー研究所のスタッフから、「あなたのオーラは黒い」と宣告された。『情報科学と五次元世界』は、NHKブックス＊。

08 読書は大いなる遊戯である

0801｜ノンセンス大全▼品切＊。

0802｜ナンセンス詩人の肖像▼ちくま学芸文庫に収録されたが品切＊。キャロルの「不思議の国」と「鏡の国」は角川文庫（「千夜千冊」でも紹介）、「詩集」はちくま文庫＊。トーベ・ヤンソンの挿絵による『スナーク狩り』（集英社）もある。リアは『完訳 ナンセンスの絵本 』（岩波文庫）など。モルゲンシュテルンには『モルゲンシュテルンのこどものうた』（BL出版）、『絞首台の歌』（書肆山田）などがあり、詩編「ナゾベーム」はシュテュンプケ『鼻行類』（平凡社ライブラリー）のネタ元。

0803｜誹風柳多留▼品切＊。全4巻だが、拾遺上下もあり、全句索引まで揃えると便利。柳多留と並ぶ句集『誹諧武玉川』（全4巻・岩波文庫）も。

0804｜八犬伝の世界▼ちくま学芸文庫に収録されたが品切＊。『八犬伝』の読み方を激変させた。山田風太郎の『八犬伝』（上下巻・朝日文庫など＊）も。

0805｜黒死館殺人事件▼作品社から『「新青年」版 黒死館殺人事件』が刊行されている。先年逝去された華厳学の松山俊太郎が詳細な注釈を準備していた。

0806｜アレキサンドリア・カルテット▼『アレキサンドリア四重奏』（全4巻）として復刊。「千夜千冊」でも紹介。松岡は本書へのオマージュとして「ミトコンドリア・カルテット」を『遊』創刊号に発表している。

0807｜V.▼新潮社より全2巻で復刊。「千夜千冊」でも紹介。ピンチョンのプロフィールのアウトラインは、その後判明している。『遊』特集「闘う」第2特集「体質のせいじゃない」は松岡によるピンチョン論。

0808｜口に出せない習慣・奇妙な行為▼彩流社から復刊されたが品切＊。サンリオSF文庫はディック、レムからコリン・ウィルスン（ウィルソン）、カイヨワまで、充実したラインアップを備えていた。

0809｜世界劇場▼品切＊。「千夜千冊」でも紹介。松岡との出逢いは『遊学の話』（工作舎＊）に。『ウィトルーウィウス建築書』は東海大学出版会から、ディについてはフレンチ『ジョン・ディー』、フラッドはゴドウィン『交響するイコン』（いずれも平凡社＊）を。イエイツは『ジョルダーノ・ブルーノとヘルメス教の伝統』（工作舎）も。

0810｜伝奇集▼岩波文庫に収録。「千夜千冊」でも紹介。

0811｜アフリカの印象▼平凡社ライブラリーに収録されたが品切＊。ブルトンは『シュルレアリスム宣言・溶ける魚』（岩波文庫）、デュシャンは『デュシャンは語る』（ちくま学芸文庫）、コクトーは『阿片 或る解毒治療の日記』(角川文庫＊)でルーセルに触れている。フーコーにはずばり『レーモン・ルーセル』(法政大学出版局)がある。

0812｜SF百科図鑑▼品切＊。編者山野浩一と荒俣宏と松岡の鼎談『SFと気楽』(プラネタリー・ブックス・工作舎＊)も。

0813｜地学事典▼最新版は、地学団体研究会編。項目数は約2万。

0814｜モードの体系▼「千夜千冊」では『テクストの快楽』＊(鈴村和成訳の新版では『テクストの楽しみ』に改題、いずれもみすず書房)を紹介。『表徴の帝国』(ちくま学芸文庫)も手頃だが、カバー写真の宝誌和尚像がテキストを超えている。

0815｜論理哲学論考▼岩波文庫に収録。大修館書店の全集(全10巻)の清原悦志による造本も捨て難い。「千夜千冊」でも紹介。松岡によるダイジェスト「世界は私のところでぼけている」がとりわけ印象的だった。

0816｜類語新辞典▼品切＊。「千夜千冊」でも紹介。いまもときおり便利に使わせてもらっている。

0817｜遊学大全▼品切、古書は比較的高額。本書は遊塾で出された、ワンテーマを四〇〇字詰原稿用紙三〇枚で綴るという「卒論」課題のまとめでもある。編集者も含め塾生のほとんどにとって、三〇枚は難業だった。朦朧の中で格闘した記憶がある。当時、印象的だったのはカメラマン大西成明による「腐敗論」。現在に至るまで彼のファインダーは、一貫して腐敗と発酵とともにある。

0818｜ハレとケの超民俗学▼品切＊。高橋は『遊』の連載「中世観念技術攷」で周囲を唸らせ続ける一方で、書店営業部の強面リーダーでもあった。ハレとケは舎内流行語になった。

0819｜孫悟空の誕生▼岩波現代文庫に収録されたが品切＊。中野による岩波文庫の『西遊記』新訳版は、注記が充実。注だけ拾い読みしても堪能できる。

0820｜易▼朝日選書に収録。六四の易象は『遊』特集「文字する」の巻頭ページでも。

0821｜サイバネティックス▼岩波文庫に収録されたが品切＊。「千夜千冊」でも紹介。

0822｜マイクロ・コズモグラフィのための13の小実験▼品切＊。近作は『誤読の飛沫』(書肆山田)。高内壮介は『秩序と混沌』『古代幻想と自然』(以上、工作舎＊)、『暴力のロゴス』(母岩社＊)など

0823｜建築の解体▼鹿島出版会より復刊。「千夜千冊」では『建築における「日本的なもの」』(新潮社)を紹介。一九七八年にパリで行なわれた伝説的日本展"MA:Space Time in Japan"での松岡とのコラボレーションによる展覧会カタログのリイシュー『間―20年後の帰還』は芸大美術館ミュージアムショップで購入できる。

0824｜**塚本邦雄歌集**▶品切＊。『文庫版 塚本邦雄全歌集』が短歌研究社より刊行中。『されど遊星』は人文書院から刊行された＊。「千夜千冊」では『星餐圖』(人文書院・品切、入手困難)を紹介。

0825｜**全宇宙誌**▶品切。書影は海野幸裕デザインによるプラスティック・カバー。その後、杉浦デザインが完成し差し替えられた。遊塾時には本文の漆黒の校正刷を時折目にした。制作スタートから五、六年ほど後だったと思われる。当時は厖大な時間をかけている印象だったが、いまの工作舎では、企画から五年以上にわたる企画はさほど珍しくない。『全宇宙誌』の復刊は要望も多く、何度か検討されたが、印刷所の尻込みによりいまだ実現していない。プリンティング・テクノロジーは進歩したが、職人がいなくなったのである。

09 読書を荒俣宏にまかせてしまう

0900▶荒俣宏は一時期、工作舎の準舎人として社内にデスクを構えていた。『大博物学時代』編集の折には、工作舎から二人で広尾の都立中央図書館に資料確認に通い、荒俣流編集の一端を目撃することができた。本書での荒俣セレクションの多くは、一九八一年の『遊』発表当時においてすでに品切・絶版だった。

0901｜**千年王国の追求**▶紀伊國屋書店からの新装版あり。「千夜千冊」でも紹介。

0902｜**我が夢の女**▶『わが夢の女』として、ちくま文庫に収録されたが品切＊。名前の表記は、マッシモ・ボンテンペルリとなっている。入手が容易なのは光文社古典新訳文庫の『鏡の前のチェス盤』(こちらの表記はボンテンペッリ)。カルヴィーノは0103を参照。ランドルフィは『月ノ石』(河出書房新社＊)、『カフカの父親』(国書刊行会＊)。

0903｜**大本神諭**▶「天の巻」と「火の巻」があるが後者は品切＊。愛善世界社版の5巻本もある。0228の王仁三郎はナオの娘婿。

0904｜**神道集**▶仏の影が色濃い中世神話であり、タイトルの「神道」は現代で意味するものとはまるで違う。

0905｜**夢の世界**▶品切＊。エリスには大著『性の心理』(全6巻・未知谷)もある。クラフト＝エビング『変態性慾ノ心理』(原書房＊)も参照。

0906｜**夢溪筆談**▶品切だが、オンデマンド版、ワイド版で入手できる。

0907｜**甲子夜話**▶「正篇」6巻、「続篇」8巻、「三篇」6巻の計全20巻からなる。一部品切＊。『随筆事典』(東京堂出版)は「衣食住編」「雑芸娯楽編」「風土民俗編」「奇談異聞編」「解題編」の5巻構成。新装版もあるが品切＊。

0908｜**中国思想のフランス西漸**▶全2巻で、2は品切＊。『キルヒャーの世界図鑑』(工作舎)では荒俣も執筆。ライプニッツにも中国論(工作舎『ライプニッツ著作集10』に収録＊)がある。

0909｜自然における人間の位置▼品切。古書での入手もやや困難。ハックスリは『自然の哲学』(著者名表記はハックスリー・御茶の水書房＊)でも読める。『動物界』の図版は荒俣『大博物学図鑑』(全5巻、別巻2・平凡社)を参照。キュヴィエの思想については荒俣『大博物学時代』(工作舎)を。

0910｜マッテオ・リッチ伝▼イエズス会士の中国伝道については岡本さえ『イエズス会と中国知識人』(山川出版社)がある。パスカルによるイエズス会批判は『プロヴァンシアル』(『パスカル著作集〈3〉』教文館＊)で。

0911｜世界の名著 続2▼中公バックス版では『世界の名著 15』＊。井筒俊彦によるイスラーム世界の新プラトン主義受容については『イスラーム思想史』(中公文庫＊)を。さらに近代における復活は、カッシーラ『英国のプラトン・ルネサンス』(工作舎)で。

0912｜愛について▼平凡社ライブラリーに上下巻で収録されたが品切＊。ブルフィンチ『中世騎士物語』(岩波文庫)も。

0913｜自然の観念▼新装版あり。

0914｜ダンセイニ幻想小説集▼品切＊。荒俣のごく初期の翻訳作(第一作はハヤカワ文庫のハワード『征服王コナン』)でもある。当時の荒俣のペンネーム団精二も、ダンセイニから。松岡は『ペガーナの神々』(→1205)を選択。

0915｜海底二万里▼創元SF文庫に収録。新潮文庫版(上下巻)も。ベルヌ(ヴェルヌ)は「千夜千冊」では『十五少年漂流記』(新潮文庫など)を紹介。あがた森魚「ノオチラス館長ネモ」はアルバム『日本少年(ジパング・ボーイ)』(徳間ジャパンコミュニケーションズでCD化)に収録。荒俣は予約でアルバムを注文するほどの、あがたファンだった。

0916｜世界はこうなる▼明徳出版社が同じ吉岡訳による上下巻の新版を刊行。サブタイトルは「最後の革命」。松岡は『世界文化小史』(→1102)を選択。

0917｜ダランベールの夢▼品切＊。冒頭のディドロの台詞「なぜ石が感じて悪いかね?」が鮮烈。「千夜千冊」ではディドロ＋ダランベール『百科全書』(岩波文庫＊)を紹介。

0918｜南総里見八犬伝▼河出文庫に収録(上下巻)。「千夜千冊」でも紹介。解読の一部は『八犬伝の世界』(→0804)に。荒俣監修『想像力博物館』(作品社＊)でも解読が試みられている。

0919｜近世画家論▼訳者の御木本は、真珠の御木本幸吉の長男。法蔵館より『近代画家論』（全3巻）として復刊（一部品切＊）。「千夜千冊」でも紹介。『建築の七燈』（鹿島出版会）も必読。ターナー作品は『もっと知りたいターナー』（東京美術）で。

0920｜**黒と白**▼品切＊。「千夜千冊」では『歴史哲学』（法政大学出版局＊）を紹介。ジョン・ニーダムは一八世紀英国の生物学者で自然発生説の提唱者。モーペルチュイは数学者で物理学、生物学についての記述もある。

0921｜**うたかたの日々**▼ハヤカワ文庫、光文社文庫に収録。「千夜千冊」では『日々の泡』（新潮文庫）を紹介。

0922｜**現代人の読書**▼品切＊。「千夜千冊」では『ペンネームの由来事典』（東京堂出版＊）を紹介。紀田は荒俣の師の一人。荒俣は反書斎派。

0923｜**人間拡張の原理**▼『メディア論』としてみすず書房より新訳版が刊行された。「千夜千冊」では『グーテンベルクの銀河系』（みすず書房）を紹介。

0924｜**人相・顔の人間学**▼品切＊。装丁は杉浦康平。日本ではその後「顔学」が提唱された。原島博『顔学への招待』（岩波書店＊）などを参照。

0925｜**自然真営道**▼昌益を収録した『日本の名著〈19〉』は品切＊。平凡社東洋文庫で『稿本自然真営道』として復刊したが、これも品切＊。

0926｜**百年の孤独**▼新潮社から改訳版が刊行された。「千夜千冊」でも紹介。

0927｜**源氏物語**▼書影は国語国文学研究史大成版（三省堂＊）。入手容易なのは岩波文庫版全6巻。「千夜千冊」でも紹介。現代語訳も多数。五十四帖は、東海道五十三次と同様に、華厳五十五所によるものだろうか。華厳の55は数え方により53にも54にもなる。

0928｜**上田秋成全集**▼全集は中央公論社版（全12巻）が出たが品切＊。「国学篇」は第1巻。2〜4巻で古代文学を扱う。「千夜千冊」では『雨月物語』（岩波文庫など）を紹介。

0929｜**生命の論理**▼品切＊。

0930｜**日本ルネッサンス史論**▼こぶし書房から『福本和夫著作集〈第9巻〉』として復刊されたが品切＊。佐藤信淵の鉱山観相術などは『日本思想大系〈45〉安藤昌益・佐藤信淵』（岩波書店）で。アグリコラは主著『デ・レ・メタリカ』が翻訳されている（岩崎学術出版社・品切、古書は高額）。

0931｜**錬金術の起源**▼内田老鶴圃からの改稿版がある。ボイルの『化学者は迷う』は『懐疑の化学者』のタイトルで刊行された。

0932｜**ヨーロッパ精神の危機**▼新装版として復刊。

0933｜**自然発生説の検討**▼品切＊。ビュフォンについてはJ・ロジェ『大博物学者ビュフォン』（工作舎）を。

0934｜**働く人々の病気**▼改訂版が公益財団法人産業医学振興財団から刊

行された（著者名表記はラマツィーニ）。パラケルススの著作は『奇蹟の医書』『奇蹟の医の糧』（いずれも工作舎＊）など、その生涯は種村季弘『パラケルススの世界』（青土社＊）で。

0935｜自然美と其驚異▼初訳は一九三三年。岩波文庫でリクエスト復刊されたが品切＊。荒俣博物学の原点である。当時、荒俣に勧められ戦前版を古書で入手した。

0936｜史的に見たる科学的宇宙観の変遷▼オリジナルは品切＊。電子本ピコ第三書館販売版でも『宇宙の始まり』のタイトルで入手可能。スエーデンボルクの著作は『天界と地獄』（宮帯出版社）や『スウェーデンボルグの星界報告』（たま出版）が入手しやすい。

0937｜生命の不可思議▼一時復刊されたが現在は品切＊。図版集では『生物の驚異的な形』（河出書房新社）がある。主著『一般形態学』の全訳刊行を田隅本生に相談されたことがあるが、二の足を踏んでしまった。その抄訳を含むヘッケルの業績の全貌については佐藤恵子『ヘッケルと進化の夢』（工作舎）を。またヘッケルの批判的継承はグールド『個体発生と系統発生』（工作舎）で。

0938｜つる姫じゃ〜ッ▼中公文庫に収録されたが品切＊。『つる姫じゃ〜っ！ベストセレクション』（復刊ドットコム）が入手容易。

0939｜バナナブレッドのプディング▼白泉社文庫に収録。「千夜千冊」では『毎日が夏休み』（角川書店＊）を紹介。

10 読書そのものを読書する

1000▼『哲学ノート』（上下巻・岩波文庫＊）は「千夜千冊」でも紹介。松岡のマーキング読書術は遊塾でも指南されたが、個人的には習慣化できなかった。工作舎スタッフとなって最初に言われた「消しゴムは使うな」は墨守している。自分の原稿にどこで修正を入れたか、どこで間違ったかが残されなければならないということだ。過程は編集的実在でもある。

1001｜ゲーテとの対話▼カバーデザインは変更。ゲーテは、「千夜千冊」では『ヴィルヘルム・マイスター』（「修業時代」「遍歴時代」）が採られたが、岩波文庫版は一部品切＊。潮出版社の全集では〈7〉が「修業時代」、〈8〉が「遍歴時代」。自然学者としてのゲーテなら『色彩論』（工作舎）、『自然と象徴』（冨山房＊）など。

1002｜曲説フランス文学▼岩波現代文庫に収録されたが品切＊。「千夜千冊」でも紹介。『小説入門』は光文社文庫に収録されたが品切＊。『快楽主義の哲学』は文春文庫で。中村真一郎は、「千夜千冊」では『木村蒹葭堂のサロン』（新潮社＊）を紹介。エラスムスは『痴愚神礼讃』（中公文庫)を、ラブレーは『ガルガンチュアとパンタグリュエル』(全5巻・ちくま文庫・一部品切＊、「千夜千冊」でも紹介)。編集者神吉晴夫については、片柳忠男『カッパ大将―神吉晴夫奮戦記』(オリオン社出版部＊)などがある。

1003｜ミメーシス▼ちくま学芸文庫に収録されたが品切。古書は高額。ペトロニウスは『サテュリコン』(岩波文庫＊)、ボッカチオは『デカメロン』(全3巻・河出文庫)、セルバンテスは『ドン・キホーテ』(全6巻・岩波文庫)で。

1004｜ロマン的魂と夢▼品切＊。それぞれの作品は『ドイツ・ロマン派全集』(全22巻・国書刊行会・一部品切＊)などで。

1005｜円環の変貌▼新装版あり。「千夜千冊」でも紹介。それぞれの作品は、パスカル『パンセ』(中公文庫)、バルザック『谷間の百合』(新潮文庫)、ネルヴァル『火の娘』(新潮文庫＊)、マラルメ『マラルメ詩集』(岩波文庫)、リルケ『リルケ詩集』(岩波文庫)、ラマルティーヌ『若き日の夢』(蒼樹社＊)、ヴィニ(ヴィニー)『軍隊の服従と偉大』(岩波文庫＊)、ボードレール『悪の華』(新潮文庫)、エリオット『荒地』(岩波文庫)などで。

1006｜アウトサイダー▼中公文庫に収録。「千夜千冊」でも紹介。ワトソン、カプラとともに高野山で行なったシンポジウム記録『即身』(河出書房新社＊)も。

1007｜文学空間▼現代思潮新社より復刊。

1008｜小説のテクスト▼品切＊。

1009｜ミラー＝ダレル往復書簡集▼品切＊。「千夜千冊」では、ミラー『北回帰線』(新潮文庫)を紹介。ライプニッツの書簡は『ライプニッツ著作集 第II期 第1巻 哲学書簡』(工作舎)、『形而上学叙説 ライプニッツ－アルノー往復書簡』(平凡社ライブラリー)を。

1010｜言語の都市▼品切＊。その後、タナーは『姦通の文学』(朝日出版社＊)が邦訳された。バロウズの『裸のランチ』(河出文庫)は「千夜千冊」で紹介。

1011｜十億年の宴▼品切、古書はやや高額。「千夜千冊」では『地球の長い午後』(ハヤカワ文庫)を紹介。シェリー夫人は『フランケンシュタイン』(光文社文庫)、カヴァンは『氷』(ちくま文庫)、『ジュリアとバズーカ』(文遊社)など。

1012｜言葉と物▼「千夜千冊」では『知の考古学』(河出文庫)を紹介。松岡は一九七八年にパリのフーコー自宅を訪問しているが、通訳の問題でまとまったインタヴューは果たせなかったらしい。そのためもあってか、当時、松岡によるフーコーその人への言及は、それほど多くはなかった。

1013 **存在の大いなる連鎖**▼ちくま学芸文庫に収録。「千夜千冊」でも紹介。『西洋思想大事典』(原題 Dictionary of the History of Ideas全5巻・平凡社)はその後裔。

1014 **大地と意志の夢想**▼品切＊。『大地と休息の夢想』も思潮社＊、『水と夢』と『空と夢』は法政大学出版局から新装版。

1015 **理科系の文学誌**▼品切＊。造本は海野幸裕の傑作、『遊』エディターでもあった宮野尾充晴の好企画である。荒俣単著としては『別世界通信』(イーストプレスで復刊＊)に続く二作目。続いて『理科系の美術史』が構想され戸田ツトム編『スフィンクス』誌に数回連載されたが、最終的には博物図像に絞り込まれ「千夜千冊」でも紹介された『世界大博物図鑑』(平凡社)に結実する。スウィフトは『ガリバー旅行記』(岩波文庫など)でおなじみだが、そう簡単に馴染める作家ではない。

1016 **澁澤龍彦集成IV**▼『夢の宇宙誌』と『幻想の画廊から』は河出文庫に収録されたが品切＊。「千夜千冊」では『うつろ舟』(河出文庫＊)を紹介。河出書房新社からの全集は、全22巻・別巻2(一部品切＊)。

1017 **復興期の精神 錯乱の論理**▼『復興期の精神』『七・錯乱の論理・二つの世界』、「千夜千冊」で紹介された『もう一つの修羅』はいずれも講談社文芸文庫に収録＊。

1018 **林達夫集**▼品切＊。岩波文庫に『林達夫評論集』がある。「千夜千冊」では久野収との共著『思想のドラマトゥルギー』(平凡社ライブラリー)を紹介。『共産主義的人間』は中公文庫に収録＊。

1019 **書物の解体学**▼講談社文芸文庫に収録されたが品切＊。『抒情の論理』(未来社)は品切＊、一部が『マチウ書試論・転向論』(講談社文芸文庫)に収録されている。

1020 **概念工事**▼品切＊。本書に収録されている「量子雑音事件」の最終行「術語的自然が、残った。」は『遊』動詞特集の基底でもある。

1021 **反解釈**▼ちくま学芸文庫に収録。「千夜千冊」でも紹介。スミスはウォーホルにも影響を与えた実験映像作家、代表作は「燃え上がる生物Flaming Creatures」。ソンタグは工作舎に何度か来舎している。松岡との対話は『遊学の話』(工作舎＊)に収録。工作舎初の写真集『CAMP』のタイトルは、ソンタグのエッセイから採られたもの。

1022 **中国文明選 芸術論集**▼品切＊。孫過庭は『書譜 孫過庭』(天来書院)、張彦遠は『歴代名画記』(全2巻・平凡社東洋文庫＊)、石濤は0513を参照。

1023 **孔子伝**▼中公文庫に収録。『論語』は岩波文庫を。諸星大二郎のマンガ『孔子暗黒伝』(集英社文庫)、酒見賢一の小説『陋巷に在り』(全13巻・新潮文庫＊)も。

1024 **正名と狂言**▼「千夜千冊」でも紹介。

1025｜三枝博音著作集5▼品切＊。『新編・梅園哲学入門』（書肆心水）もある。「千夜千冊」では『日本の思想文化』（中公文庫＊）を紹介。三浦梅園は「千夜千冊」で『玄語』（『日本思想大系〈41〉三浦梅園』＊）を紹介。

1026｜筑土鈴寛著作集2▼品切＊。『愚管抄 全現代語訳』は講談社学術文庫。かつて松岡のデスクの背後の棚に並んでいた『筑土鈴寛著作集』は、『南方熊楠全集』『木村泰賢全集』とともに、どこか妖しいオーラを発していた。

11 読書が歴史の矛盾を告示する

1101｜図説・歴史の研究▼品切＊。『歴史の研究』は全25巻（「歴史の研究」刊行会・品切、全巻揃の入手は困難）。サマーヴェルによる短縮版は全3巻（社会思想社＊）。「千夜千冊」では『現代が受けている挑戦』（新潮文庫＊）を紹介。

1102｜世界文化小史▼講談社学術文庫に収録されたが品切＊。『世界文化史大系』の邦訳は世界文化史刊行会版（全3巻本＊）などがある。

1103｜歴史における科学▼品切＊。バナールは『宇宙・肉体・悪魔』（みすず書房＊）も。

1104｜封建的世界像から市民的世界像へ▼品切＊。アクィナスは『神学大全』（全2巻・中央公論社）、クザヌスは『学識ある無知について』（平凡社ライブラリー）などで。デカルト批判者ガッサンディは、主著『哲学体系論』をはじめ邦訳書はない。

1105｜文明の滴定▼新装版あり。ニーダムは一九九五年に逝去。『中国の科学と文明』邦訳は11巻まで（版元の倒産により中断＊）。ニーダム序文によるテンプル『図説 中国の科学と文明』（河出書房新社＊）がある。

1106｜超越者と風土▼原書房により復刊。鈴木秀夫は『遊』での連載も企画したが実現できなかった。

1107｜中国の歴史▼『貝塚茂樹著作集』は全10巻でいずれも品切＊。『中国の歴史』は、岩波新書版（全3巻・品切＊）もある。ちなみに貝塚茂樹は湯川秀樹の兄。

1108｜中国古代の文化／中国古代の民俗▼いずれも新刊で入手可能。

1109｜道教と古代の天皇制▼品切＊。「千夜千冊」では、福永『気の思想』（共著・東京大学出版会＊）を紹介。

1110｜神と仏の対話▼新装版となったが品切＊。西田は『無常の文学』（塙新書＊）も。

1111｜天皇の世紀▼文春文庫に収録。『パリ燃ゆ』は朝日新聞社からの新装版（全3巻・一部品切＊）がある。『鞍馬天狗』は中央公論社（全10巻＊）、鶴見俊輔セレクション版全5巻（小学館文庫）がある。「千夜千冊」

では『冬の紳士』（講談社文庫＊）を紹介。

1112｜西洋の没落▼中公クラシックスに収録。「千夜千冊」でも紹介。

1113｜グーテンベルグの銀河系▼その後、みすず書房から森常治訳版が刊行された。「千夜千冊」でも紹介。

1114｜自我の喪失▼『ルネサンス様式の四段階』ともに新装版が刊行されたが品切＊（いずれも河出書房新社）。『文学とテクノロジー』（研究社出版＊）は、高山宏コレクション（白水社）の一冊として復活。

1115｜文化の動態▼品切＊。『科学 発見と倫理のはざま』（晃洋書房）も。

1116｜絶対の宣伝▼文遊社より復刊。『中国文化大革命の大宣伝』（上下巻・芸術新聞社）も。「千夜千冊」では『本が崩れる』（文春新書＊）を紹介。

1117｜西欧文明と東アジア▼品切＊。「地獄の黙示録」の原作はコンラッド『闇の奥』（岩波文庫）で舞台はアフリカ、コンゴ川。

1118｜朝鮮▼品切＊。金達寿では『わがアリランの歌』（中公新書＊）も。朝鮮史研究会編『朝鮮の歴史』は新版が刊行された。ハングルについては野間秀樹『ハングルの誕生』（平凡社新書）を。

1119｜韓国からの通信▼「第四・韓国からの通信」までの4巻が刊行された。一部品切＊。戒厳令は終ったが朝鮮戦争はいまだ休戦中だ。

1120｜革命に向かうタイ▼柘植書房新社から復刊。「タイ叢書」は32巻が刊行された＊。『タイ民衆生活史』（全2巻＊）はシリーズ「東南アジアブックス」に収録。

1121｜ブラック・ブルジョアジー▼品切＊。フレイジァは『アメリカの黒人教会』（未来社＊）も。

1122｜アラブ革命運動史▼柘植書房新社より復刊。重信メイ『「アラブの春」の正体』（角川新書・「千夜千冊」で紹介）も。

1123｜家畜文化史▼品切＊。フェイガン『人類と家畜の世界史』（河出書房新社）も参照。さらにはダイアモンド『銃・病原菌・鉄』（上下巻・草思社文庫）で、家畜飼育とその移入によって文明の様相が劇的に変貌する光景を。

12
読書で一番遠いところへ行く

1201｜地球のすすり泣き▼品切。『聖母なる月のまねび』（平凡社ライブラリー＊）にも収録。ラフォルグについては、松岡『遊学』（上下巻・中公文庫＊）の「ああランマ・サバクタニ」も是非。

1202｜地球幼年期の終り▼ハヤカワ文庫、光文社文庫（新版『幼年期の終わり』）に収録。「千夜千冊」でも紹介二〇〇八年の「SFオールタイムベスト100」でも第一位だった。

1203 **小遊星物語**▼平凡社ライブラリーに収録されたが品切＊。工作舎からは『星界小品集』を刊行＊。ガラス建築等については『永久機関附・ガラス建築』(作品社＊)を。李白は『李白詩選』(岩波文庫)、カイヤムは現在はハイヤムの表記で『ルバイヤット』(ちくま学芸文庫＊)がある。

1204 **ノヴァーリス全集1**▼牧神社版『ノヴァーリス全集』は全3巻＊。1は作品篇。『青い花』は岩波文庫に収録。「千夜千冊」でも紹介。

1205 **ペガーナの神々**▼創土社版は品切＊。荒俣訳の「ペガーナの神々」「時と神々」は、ハヤカワ文庫『ペガーナの神々』に併録。「千夜千冊」では第二夜で紹介。「五十一話集」は『最後の夢の物語』(河出文庫)でも。

1206 **宮沢賢治全集10**▼筑摩書房の『校本宮沢賢治全集』は全14巻15冊セット＊。ちくま文庫版(全10巻)もある。文庫版では「銀河鉄道の夜」「風の又三郎」は第7巻、「北守将軍と三人兄弟の医者」は第8巻に収録。「千夜千冊」では『銀河鉄道の夜』を紹介。

1207 **定本吉田一穂全集**▼全3巻、別巻1の構成＊。岩波文庫に『吉田一穂詩集』がある。「千夜千冊」では『吉田一穂大系』(全3巻・仮面社、全巻入手はやや困難)を紹介。『遊』は当初、本書の版元である仮面社発行の書評誌『仮面』として構想された。

1208 **タルホ・クラシックス**▼「エアクラフト」「アストロノミー」「ウラニスム」よりなる全3巻セット。品切＊。編集は松岡、装丁は杉浦康平、イラストはまりの・るうにい。「全集」は筑摩書房から全13巻＊。潮出版社の「多留保集」(全8巻＊)もいい。多留保集別巻『タルホ事典』には松岡による「タルホ＝セイゴオ・マニュアル」を収録。また工作舎プラネタリー・ブックスの一冊として刊行された松岡による語り『稲垣足穂さん』は立東舎文庫に収録。

1209 **ツァラトゥストラはかく語りき**▼「千夜千冊」でも紹介。現在中公文庫のタイトルは『ツァラトゥストラ』、岩波文庫上下巻は『ツァラトゥストラはこう言った』、河出文庫は『ツァラトゥストラかく語りき』。

1210 **時代からの逃走**▼品切＊。ツァラ『ムッシュー・アンチピリンの宣言―ダダ宣言集』(光文社文庫)も。

1211 **二十一世紀精神**▼品切＊。デザインは初版、新装版ともに戸田ツトム。強烈なライヴ感が印象的。

1212 **カミの人類学**▼品切＊。『岩田慶治著作集』(全8巻・講談社＊)では、第3巻に収録。「千夜千冊」では『草木虫魚の人類学』(講談社学術文庫＊、著作集では第2巻)を紹介。

1213 **発生的認識論序説**▼品切＊。コンパクト版なら『発生的認識論』(文庫クセジュ・品切、古書は高額)。

1214 **反対称**▼新装版もあるが品切＊。

1215｜**結晶世界**▼創元SF文庫に収録。主人公は、アフリカのハンセン病病院の副院長。

1216｜**タオ自然学**▼初版は中垣信夫、新装版は西山孝司のデザイン。おそらくジョブズもゲイツも愛読者だったはず。ウインドウズもマックもスマホもニュー・エイジ・ムーヴメントの末裔だ。

1217｜**無限の世界観・華厳**▼「仏教の思想」（全12巻）シリーズとして角川文庫に収録されたが本書は品切＊。鎌田茂雄『華厳の思想』（講談社学術文庫）も。「千夜千冊」では上山の『埋もれた巨像』（岩波同時代ライブラリー＊）、および高銀の小説『華厳経』（御茶の水書房、品切で入手はやや困難）を紹介。

1218｜**ミラレパ**▼めるくまーるより復刊されたが品切＊。河口慧海『チベット旅行記』（上下巻・講談社学術文庫）も。

1219｜**黄金の華の秘密**▼人文書院のオンデマンド版がある。本山博訳『太乙金華宗旨』（宗教心理学研究所＊）も。

1220｜**存在認識の道**▼『井筒俊彦著作集 10』（中央公論社＊）に収録。「千夜千冊」ではエスポジット『イスラームの歴史』（全3巻・共同通信社）を紹介。井筒ほか編の『岩波講座 東洋思想3・4』「イスラーム思想」も参照。スフラワルディについては松岡『遊学』（中公文庫＊）所載の「照明学派の神智学」を。

1221｜**象徴哲学大系**▼人文書院からカラー図版を収めた新版が刊行された。

1222｜**幻想録**▼ちくま学芸文庫に収録されたが品切＊。「千夜千冊」では『鷹の井戸』（角川文庫＊）を紹介。

1223｜**神智学**▼『神智学』『いかにして超感覚的世界の認識を獲得するか』はともに、ちくま学芸文庫。「千夜千冊」では『遺された黒板絵』（筑摩書房＊）を紹介。訳者、高橋巌には『神秘学序説』（イザラ書房＊、「千夜千冊」で紹介）がある。また高橋・荒俣対談『神秘学オデッセイ』（平河出版社＊）もお勧め。

1224｜**超宇宙論**▼品切＊。初版エディトリアル・デザインは清原悦志。コスモスライブラリーから『新しい宇宙像』（上下巻）として全訳本が出た。ウイルソンの『オカルト』は上下巻で河出文庫に収録＊。

1225｜**遊星的思考へ**▼白水社からの新装復刊版がある。

1226｜**過程と実在**▼上下巻本の平林康之訳みすず書房版もある。山本訳は晃洋書房で復刊。「千夜千冊」でも紹介。「千夜千冊」では中村昇『ホワイトヘッドの哲学』（講談社選書＊）も紹介されている。『ホワイトヘッドの宗教哲学』は品切＊。「有機体の哲学」あるいは「プロセスの哲学」における「なる」（becoming）は、十川治江によって工作舎書籍の奥付に掲げられた「editorial corporation for human becoming」にも引用されている。

1227 **原始仏典／大乗仏典**▼『原始仏典』は、ちくま学芸文庫に上下巻で収録。品切の『大乗仏典』は「維摩経」「法華経」「勝鬘経」「華厳経」「阿弥陀経」「大無量寿経」「般若波羅蜜多心経」「八千頌よりなる般若波羅蜜経」「中論の頌」「大乗起信論」「理趣経」「ダラニ集」を収録。「千夜千冊」では、梵漢和対照・現代語訳版『法華経』（岩波書店）を紹介。「華厳経」「維摩経」の現代語訳は中村元の『華厳経・楞伽経』『維摩経・勝鬘経』（東京書籍）で。「千夜千冊」では編者中村の『インド古代史』を紹介。

1228 **摩訶止観** ▼品切＊。遊塾での必読書。当初、まったくと言っていいほど、歯が立たなかった覚えがある。

1229 **正法眼蔵**▼岩波文庫（全4巻）、講談社学術文庫（全8巻・全訳注版）、河出文庫（全5巻・現代文訳版・一部品切）などがある。「千夜千冊」でも紹介。『正法眼蔵随聞記』も、ちくま学芸文庫、岩波文庫などがある。

1230 **弘法大師著作全集1**▼山喜房仏書林から修訂版が刊行されている。「吽字義」「声字実相義」は第1巻、「秘密曼荼羅十住心論」は第2巻に収録。ちくま学芸文庫版『空海コレクション』では「吽字義」「声字実相義」は第2巻、「秘密曼荼羅十住心論」は第3、4巻に収録。「千夜千冊」では、『三教指帰・性霊集』（日本古典文学大系 71・岩波書店＊、『三教指帰』『性霊集』はそれぞれ角川文庫版も）を紹介。

1231 **荘子**▼中公文庫版は品切＊。遊塾では絶対必読書だった。金谷治訳の岩波文庫版は全3巻。もちろん「千夜千冊」でも紹介。

以上三六五冊了

ま

や

ら

わ

は

た

な

さ

書名／作品名索引

「▶」は365冊タイトル、「▷」は文中で触れられているもの。

あ

か

ら

わ

ま

や

な

は

さ

た

か

人名索引

「▶」は365冊の著者·編者、「▷」は文中で触れられている人名。

あ

50

読書が神秘を友にする

天誅組 上・下
大岡昇平
講談社文庫

大岡昇平は『野火』に次いでこの作品が充実している。将軍家茂上洛を期に京都に集結した天誅組の面々を剋明に記述する手法は、鷗外ふう歴史小説を解体して、むしろ闘争のリアリズムを燃え上がらせる。

水滸伝 上・中・下
施耐庵
駒田信二訳
平凡社

ズバリ『水滸伝』こそ天下国家を冦する男たちの浪漫の典型だろう。この梁山泊にこもる物語を知らないまま十代を終えるのはあまりにも片手落ちである。横山光輝の劇画でもいい、どうしても読んでもらいたい。

戦争論
ロジェ・カイヨワ
秋枝茂夫訳
法政大学出版局

第二部「戦争の眩暈」が圧巻。「祭祀と戦争は社会が必需する沸点であり痙攣である」という観点から、いわばヨーロッパ流の"ハレとケの人類学"を基底とした文明原理を展開する。一種の対称性理論だ。

3——読書が記憶の気配をふるわせる

記憶なんてものはふだん死んでいる。それがある種の本に出逢うと忽然と立ち上り、そのまま「未知の記憶」をまでよびさます。そうしたらしめたものだ。もう、神秘が友人になってくれている。

何かが道をやってくる
レイ・ブラッドベリ
大久保康雄訳
創元推理文庫

冒頭に、その避雷針を売る男は嵐の空模様に似た色の服を着ていた——とあって、そこからもうブラッドベリの少年の日の独壇場がはじまる。われわれは今日も明日もドキドキした一日を送るべきなのだ。

私は映画だ
F・フェリーニ
岩本憲児訳
フィルム・アート社

僕はフェリーニの「私は何も保存しない」という言葉が好きだ。だからこそいつだって自由な夢が見られるのだ。この本は悪い記憶をそのままにして日々を送っているすべての人々をふいに救ってくれるだろう。

ジョン・シルバー
唐十郎作品全集・1
唐十郎
冬樹社

唐十郎は「半記憶的な名前世界」に生きている。実体が重要なのではなく、たとえば春日野八千代とかジョン・シルバーという名前の時空に遊んでいる。それはフェリーニとたいそう対照的な少年をおもわせる。

ヴェニスに死す
トーマス・マン
実吉捷郎訳
岩波文庫

初老の作家グスタフ・アッシェンバッハが異国の美少年タッジオの耽美的緊張に溺れつつ滅びてゆく——この著名な唯美主義ストーリーは、なぜか若き読者の中にさえ初老という「明後日の記憶」を植えこむ。

沈んだ世界
J・G・バラード
峰岸久訳
創元推理文庫

ケランズが海賊に誘われて、水没した旧都のプラネタリウムを探る場面に、「無意識の世界まで行ってしまわないでくれよ」と声がかかる。それこそバラード得意の内宇宙からの信号だ。未来世界を記憶させる傑作。

ブラックウッド傑作集
A・ブラックウッド
紀田順一郎訳
創元推理文庫

狂気なんてない。すべてが真相だ。前世の記憶と輪廻を底辺においた名作「いにしえの魔術」や「雪女」はそんな戦慄を主張する。「ウエンディゴ」の終章、ある男が縮んでしまう場面を、どう読みますか。

野火
大岡昇平
旺文社文庫

日本文学絶対必読は折口「死者の書」と足穂「弥勒」とこの「野火」。戦争という極限状況で「光景」というものをさまよいつつ人間を喰う。常識の鬼気が活写された作品は、他に野上弥生子「海神丸」など。

ファミリー
エド・サンダース
小鷹信光訳
草思社

シャロン・テート殺害のチャールズ・マンソンのいわゆる「ファミリー」の共同幻想譜を、元ミュージシャンが素気なく、しかも徹底的に白昼にひきずり出したストレート・ドキュメンタリー。読み応え充分。

2-31 2-32 ★ 2-33 ★ 3 3-1 ★ 3-2

「松岡正剛が選ぶ[365]冊の遊学」
『遊』(一九八一年八・九月合併号)初出時のレイアウト。

読書という面妖な行為について

松岡正剛

あるとき、このまま自分で蔵書を抱えていてはダメだと思い、その多くを仕事場に移すことにした。三二歳のころのこと、仕事場とは工作舎のことだ。ミステリー系やマンガや美術本は部屋に残したが、大半をスタッフと共有することにしたのだ。これが「自分の蔵書を公開する」という出来事の最初だった。

以来、さまざまなところで書店や図書館の棚組や選書をしてきたが、さて、自分がどんなふうに本を読んだかということを公開するとなると、これが難しい。ちょっとした書評はたえず頼まれていたけれど、自分が選んだ本を多めにナビゲーションするのは容易ではない。しかし読書は一〇〇冊くらい馴染んでからが、愉快なのである。読書がつくりだす世界を吐露するとなると、五〇〇冊くらいを超えたあたりからやっと何かが見えてくる。だが、その愉快や「見えてくる」をどう伝えるか。

そこで『遊』の一九八一年の八月・九月合併号をつかって、「松岡正剛が選ぶ三六五冊の遊学」を企画し、その試みの第一歩を踏み出すことにした。そのころ『遊』では「遊学する」を標榜していたので、ずばり「三六五冊の遊学」と名付けた。

十二カ月をあててそれぞれ三〇冊ほど選び、次から次へと短いコメントを付けた。当時の仕事場にあった本ばかりを選び、中身を紹介するのではなく、ぼくの本読（ほんどく）接触感を伝えるようにした。一日一冊、日々一殺という趣向なので、長い紹介は邪魔だろうと思ったからだ。そのうちの一カ月分は読友（ヨミトモ）の荒俣宏君にまかせることにした。これは当時のぼくが心掛けはじめていたことのひとつでもあって、なにもかもを独り占めにしないようにする、どこかで「席を譲る」ようにするという、ぼくなりの「もてなし・しつらえ・ふるまい」だった。

いまではよくある特集だろうが、雑誌の中に三六五冊分の本がすべて書影付きでまるごと入ったのはめずらしかったと思う。そのせいかどうか、よく売れた。その後、ぼくは本まわりの仕事として、ウェブに連載をはじめた「千夜千冊」、丸の内の丸善の中につくった「松丸本舗」、二〇〇万冊を収納するヴァーチャルブックシティ「図書街」、東大阪の近畿大学の「ビブリオシアター」、無印良品の「MUJI BOOKS」などを手掛けたけれど、それらの仕事はこの「三六五冊の遊学」がスタートだったのである。

それから二十数年たって中央公論社の井之上達矢君や工作舎で編集長になった米澤敬君から、あれ、本にしませんかという声がかかってきた。そんな昔の、若気の至りのナビゲーションがいまさら新たな手引きになるとは思えなかったので、それにその後の三五年間で刊行された本は一冊も入っていないので、適当に口を濁していたのだが、このたびついに蘇ることになってしまった。

きっとかなり手を加えなければいけないだろうと思っていたが、ほぼそのまま刊行することにした。自分で読んでみて、これはこれで時代を掠（かす）っているか抉（えぐ）っているだろうと感じたのだ。松岡正剛の当時の趣味や偏向も露呈しているだろうから、そこはそのままでもいいと判断したのだ。だから加筆訂正はほとんどしていない。そこを古巣の工作舎が蘇生術をほどこしてくれた。米澤君、ありがとう。荒俣君、ありがとう。

本というもの、いまもってまことに妙なものである。ずいぶん付き合ってきたけれど、まだまだたくさんの謎が解けていないままにある。

たとえば書棚に並んでいる本を目で追いながら見ているとき、どの程度に背のタイトルや著者を認知できているのかというと、これがそうとう曖昧なのだ。ええ、ちゃんと見てますよ、はい、見ましたよと言うのだが、いろいろ実験してみると、いま見てもらったばかりの本たち、たとえば一段一列分のタイトルをその場で見ないで口に出してもらってみると、さっぱり再生できないのだ。五〇冊あれば三冊くらいなのである。

これがスーパーの食品やコンビニのカップラーメンの並びやブティックの洋服なら、もっともっと打率はいいだろう。あるいはCDやDVDならもうちょっと再生可能になる。なぜ、こんなふうになるのか。おそらく本の並びを追うリテラル・ブラウザーが錬磨できていないからである。そのための方法が世の中で伝授されていないからである。

次に三〇分ほど書店に入ってもらって、七冊の本を好きに選んでパラパラめくってもらい、出てきたところでその七冊の印象や内容を尋ねてみると、これまたからっきしになる。一、二冊はともかく、四冊以上のアウトラインを問うてみると、適確な印象が出てこない。ところが、その七冊の本を別室に持ってきてもらい、同じくそうして戻ってきた知らない者どうしで、その本を開きながら説明をしあってもらうと、これは今度はすばらしい。あたかもすでにその本を読んだかのように語れるし、想像力も富んでくる。

ようするに、本は目の前にする時とそこから離れてしまう時とでは、別物の様相を呈するものなのだ。本に知覚のなにがしかがぺったり貼りついていると凄いのだが、少し離れると「本」という単位が失われてしまうのだ。

もっと謎が多いのは読書という行為の正体だ。いったい何の本をどう読んだのか、その一冊の全体の感想は言えるだろうものの、読んでいるときのプロセスがうまく取り出せない。納得のぐあい、はずれた感じ、ぐいぐいとひっぱられた快感、胸の高まりや詰まり方、困った印象、あとから引用したいと思ったところ、これらはその本を読んでいるときは実感していたはずだろうことなのに、いざ読みおえるとさっぱり取り出しにくい。取り出そうとすると、縮退してしまうか、散逸してしまう。

そこをむりやり再現しようとすると、結局は元のテキストに戻ってしまう。けれどもそうやって戻ったテキストは、さっき読んだテキストではなく、新たにいま読むテキストなのである。こんなことでは「読書するナマの生態系」はゼッタイにわからない。

読書という行為は外側からはほとんど観察できない。誰かが本を読んでいるのを見ていても、そこに何がおこっているかがわからない。せいぜいフェルメールや黒田清輝の絵のような姿が目にのこるだけ。そこがスポーツや服飾やアートや芸能などとちがう。将棋や釣りや音楽演奏ともちがう。秘匿したいからそうなっているのではない。読書における入力と出力のプロセスが特異なプロセスをもっているからだ。

こうして、ふだんの読書はいつまでも「仕掛かり」の状態になったままになる。読書渦中の実況放送ができない。本の風呂から上がってしまうと、風呂の中でのアタマの中のリテラシーがとんでしまうのだ。

では、読書はその程度のものなのかといえば、もちろん、そんなはずはない。読書には必ずやリーディング・パフォーマンスがあって、そのための振り付けや痕跡があるはずである。そのコレオグラフはつくれるはずなのだ。だからもし「読んでいる時」に何がおこっているのかを摘まみ出せるような方法があれば、これは新たな「知のありかた」や「快感と苦痛のリテラシー」や「印象と表象のステージ」が見いだせることになって、認知科学からしてもテキスト論からしても、また表象論からしても、何か画期的なことがおこるだろうと思うけれども、いまだそういう試みが挑まれてこなかったのである。

ぼくが長年にわたって試みてきた読書は、学問の構築のためではない。思想のボディビルのためでもないし、評論や批評のための読書でもない。そういうことにはほぼ関心がない。ひたすら編集のための読書ばかりをしてきた。

編集というのは、世界と自身の内外の境界を変化させるための技能（アート）のことをいう。内側と外側を交ぜたり、モノとコトとを換えたり、玄人と素人を両替させたりする。その変化の技能は、もともとはぼく自身と仲間が向かう仕事をおもしろくするフィルタリングのためで、編集工学といってもうんと柔らかいものなのだ。

この変化の技能を錬磨していこうとしていたとき、ぼくには読書が最も有効だったのである。

おそらく読書行為のときの入力（読出）と出力（思う）のプロセスが異なっていて、それを読書のたびにリバースエンジニアリングすることが、とても有効な手立てになったからなのだろうと思う。もっとはっきりいえば、ぼくは本を読んできたというよりも、編集のプロセスにあてる読書をしてきたわけなのだ。そんなふうになったのは、世界を編集するのではなく、編集が世界をつくるのだと見てきたからだった。

本書がそういうエディティング・リーディングの秘密の一端を、多少は示していればと思う。本はつねに「本のもどき」とともに読むものである。

（二〇一八年七月記）

●著者プロフィール

松岡正剛と荒俣宏

松岡正剛(まつおかせいごう)は一九四四年一月二五日、京都出身。荒俣宏(あらまたひろし)は一九四七年七月一二日、東京出身。戦中生まれ、洛中育ちの松岡に対し、荒俣は下町育ちの団塊の世代。当然、幼少年期の社会生活環境は微妙に異なっている。松岡は高校時代に学校新聞(『九段新聞』)の編集にかかわり、早稲田大学を中退後、高校生のための読書新聞『ハイスクールライフ』編集長を経て、一九七一年、オブジェマガジン『遊』創刊とともに工作舎を設立。荒俣は少女マンガ家を志すが、慶應義塾大学卒業後は、日魯漁業コンピュータルームに勤務するかたわら幻想文学の翻訳紹介に没頭。紀田順一郎と雑誌『幻想と怪奇』(1973–74・歳月社・全一二冊)を発行する。松岡の『遊』は、一九七一年から七七年まで第Ⅰ期一〇冊(不定期刊)、七八年から八〇年まで第Ⅱ期一三冊(隔月刊)、八〇年から八二年まで第Ⅲ期一三冊(月刊)、および増刊号五冊が刊行されたが、荒俣は七五年に同誌にシェイクスピア論を発表して以来、ほぼ全号にわたって登場し続けている。松岡と荒俣の最初の出逢いは七四年前後だと思われるが、荒俣による松岡の第一印象は「黒衣の人」、松岡による荒俣のそれは「巨大な人」だったという。荒俣は一九七七年に自著としての処女作『別世界通信』(月刊ペン社)を上梓。以来、異色の著作群の発表を続けているが、『大博物学時代』(工作舎)で博物学ブームの先鞭を告げ、小松和彦との対談集『妖怪草紙』(工作舎)が妖怪ブームの発火点となるなど、その後の日本の文化状況に多大な影響を与えた。松岡も処女エッセイ集『自然学曼陀羅』刊行以後、やはり多くの刺激的な著作を連打。『アート・ジャパネスク・シリーズ』(講談社)をはじめとするジャパネスク・プロジェクトでは、当時は一般的には等閑視されていた日本文化に斬新な光を当て、『情報の歴史』(NTT出版)では、世界史の見方を一変させた。現在、松岡はウエッブ上で「千夜千冊」を継続執筆中であり、すでに二千冊までが射程の裡にある。一方、荒俣は明治五年創刊の『毎日新聞』(東京日日新聞)の全バックナンバーを通読中である。二人にとって読むことは呼吸することでもあるのだ。読書をめぐる姿勢や方法、選本感覚は大きく異なる二人だが、自動車免許を持たないこと、スポーツをしないこと、酒を呑まないことは、共通している。どんなドライヴもゲームも、そして酩酊感も、書物体験には追いつけないということでもある。

遊読365冊——時代を変えたブックガイド

発行日——二〇一八年一〇月二〇日
著者——松岡正剛
協力——荒俣 宏
編集——米澤 敬
エディトリアル・デザイン——宮城安総＋小倉佐知子
印刷・製本——中央精版印刷株式会社
発行者——十川治江
発行——工作舎 editorial corporation for human becoming
〒169-0072 東京都新宿区大久保2-4-12 新宿ラムダックスビル12F
phone : 03-5155-8940 fax : 03-5155-8941
www.kousakusha.co.jp saturn@kousakusha.co.jp
ISBN978-4-87502-497-2

にほんとニッポン ｜ ✣松岡正剛

むすぶ縄文からうつろう平成まで、漢字伝来から日中·日韓問題まで、列島誕生から東日本大震災まで、松岡日本学20余冊をリミックス。忘れてはいけない日本を一冊に濃縮した、高速 全日本史!

◉四六判◉416頁◉定価　本体1800円＋税

自然学曼陀羅 ｜ ✣松岡正剛

物理学とインド哲学、定常宇宙論と空海の密教、生物学と神秘学、現代美術とタオイズム…専門性·分業性の閉塞状況を破る全自然学論考。情報文化論を展開する著者の処女作。

◉四六判上製◉280頁◉定価　本体1800円＋税

オデッセイ 1971–2001 ｜ ✣工作舎＝編

選りすぐったアンソロジーによってたどる、工作舎30年の軌跡。初代編集長の松岡正剛と十川治江二代目編集長による対談、『遊』創刊号＋1001「相似律」特集号のサムネールを特別収録。

◉四六判変型上製◉308頁◉定価　本体2000円＋税

本読みまぼろし堂目録 ｜ ✣荒俣宏

まぼろし堂店主アラマタが20年余にわたって書き綴った本読みの極意と書物の魔術。ビジネス書、博物誌、魔術書まで、古今東西の名著、怪本、奇書、傑作を紹介する大ブックガイド。

◉四六判上製◉520頁◉定価　本体2500円＋税

記憶術と書物 ｜ ✣メアリー·カラザース　別宮貞徳＝監訳

記憶力がもっとも重視された中世ヨーロッパでは、数々の記憶術が生み出され、書物は記憶のための道具にすぎなかった!　F·イエイツの『記憶術』を超え、書物の意味を問う名著。

◉A5判上製◉540頁◉定価　本体8000円＋税